/2018 /

# /中国青年诗人作品选 /

/龚学敏 唐小林 主编 /

成都时代出版社

图书在版编目（CIP）数据

2018中国青年诗人作品选 / 龚学敏，唐小林主编.
-- 成都：成都时代出版社，2019．4

ISBN 978-7-5464-2342-5

Ⅰ．① 2… Ⅱ．①龚… ②唐… Ⅲ．①诗集－中国－当代 Ⅳ．① I227

中国版本图书馆CIP数据核字（2019）第037367号

# 2018中国青年诗人作品选

2018 ZHONGGUO QINGNIAN SHIREN ZUOPIN XUAN

龚学敏　唐小林　主编

出 品 人　李文凯
责任编辑　李卫平
责任校对　张　巧
装帧设计　上易堂
封面设计　许天琪
责任印制　李茜蕾

出版发行　成都时代出版社
电　　话　（028）86742352（编辑部）
　　　　　（028）86615250（发行部）
网　　址　www.chengdusd.com
印　　刷　成都市金雅迪彩色印刷有限公司
规　　格　145mm×210mm
印　　张　9.375
字　　数　200千
版　　次　2019年4月第1版
印　　次　2019年4月第1次印刷
书　　号　ISBN 978-7-5464-2342-5
定　　价　58.00元

样蒸发了的 / 今夜，我把久违的乡愁从口袋里掏出，不知道，[redacted] 会不会从月光的杯盏里，向我探出头来 / [redacted] 再敞开，只有火星镇拧紧，再拧紧 / 成为水的一部分，成为岩石的一部分，成为万物的一部分 / 鱼浮于水，人浮于世，谁也不会是永远的漂泊者 / 身上就痒，挠后就起红疹，如故乡的地图与花瓣 / 每次我见到他，都觉得他的背部，隐藏着数不清的翅膀，但没有一个长出来 / 月光从窗台上移开，房间里，[redacted] / 城池，透过月光，渐渐婉约成，一首绝句 / 可是，有些往事却总是甜美地伤害着我 / 灯亮了，但灯光下的人，并没有他们想要的生活，但灯亮着，我们会放心地离去 / 谈到一枚邮戳泛黄的苍生，只不过再也不能给你了，这誓死不愿垂下的头颅和风骨 / 因为爱，柳树静静地垂下头颅。[redacted] / 但我还要敲门，我不是一无所有的人 / 用力把流淌着的泡沫荡平，水面得不到片刻宁静 / 夜晚，[redacted] 和所有的灰尘，拎皮箱的人躺在里面，开始伤心地哭泣 / 我的目光就能翻山越岭，飞檐走壁，抵达伊人的梦乡 / 我将它遣送水中，[redacted] / 年少的你我还不知生死。三月，我们是否理应走得更靠近一些 / 时间在婴儿身上一鼓一瘪地呼吸，时间如此洁净 / 我想第二天早上，打开门，湿漉

目录 CONTENTS

· 阿 登 ·

## 车流时代

那么多车呼啸而过
那么多孩子在轮胎下玩耍

影子碾过影子
时空于抖动中保持精确

我开始计算
成功穿过马路的概率

我竖起风衣领子
试图将肉体
包裹成钢铁

# 狙　击

抗日神剧看多了
我也成了神枪手
我常常对着一些人的背影
做瞄准动作
有时瞄准头
有时瞄准屁股
有时还故意打偏
不论目标是否倒下
我都要隐匿自己的行为
吹一吹
食指上的烟

原载《诗潮》2018 年第 4 期

## ·阿甘凸浪·

### 花

春风轻轻地吹几十天
屋后的索玛就会开得漫山遍野
若是亲情的花可以这么容易开
爱情的花可以这么容易开
友情的花可以这么容易开
天下所有情的花都可以这么容易开

那么，我们何必小心翼翼地
摸索着石头过日子这条河

### 写父亲

把父亲写在纸上
让父亲的眼睛
在纸上的黑夜一闪一闪地亮着

让父亲的头发
在纸上的黄昏一点一点地变黑

把父亲写在纸上
让父亲的脸蛋
在纸上的白天照见千沟万壑的沧桑
让父亲的耳朵
在纸上的黎明倾听千言万语的爱恨
让父亲的羊群
在纸上的草原衣食无忧
蔚蓝的天空就会在群山之上一直蔚蓝
清澈的河水就会在山脚下一直清澈

尽管我的文字很简单
也要把父亲写进我的骨头里
写进我左右心房的血液里
写进我时冷时热的头脑里
写进这一路陪我走来的时光里
多年以后
还要把父亲写进我儿女的血肉里

原载《山花》2018年第9期

·阿天·

## 牦　牛

它和我对视
它的眼中没有我
一株长相奇特的青草
一片闯入天空的云朵

它双腿有力
宽阔的背上住着风雨
住着缓慢的日子
住着击破长空的鹰和封住口鼻的雪

在这茫茫的草原之上
我更愿意它是我的一位亲人
我用异乡的口音向它问好，微笑
挥一挥手，不用说一声道别

而我始终是渺小的，在以后的
漫长日子中变得迟钝，胆怯
成为虚无的词语

只有它才是真实的，缓缓地走着
去接近遍布清香的草地和雪峰
每一步的前行都发出轻微的声响

原载《诗歌月刊》2018 年第 5 期

## ·安乔子·

### 白蘑菇

一夜之间
这一朵白雪，不知是从哪里飘来的
拧在家门口，不走了
我看不到她的样子，她低着头，羞答答地
喊我姐姐
雪白的身体有几处脏兮兮的黑
她习惯了南方的雨
她一定知道很多南方的秘密

这个可爱的小乞丐
我认出了她，她就是在雨林走失的妹妹
一下雨，我就听到她说回家

# 写给儿子

因为你，我内心的小女孩停止了生长
她收起了任性、野蛮和多情
低眉顺眼地做一个好母亲
为你，我愿精心打磨自己
削掉我的棱角，收拢我的坏脾气
我不再纠缠过往
我与世界互不相欠

我不停地摁住内心的冬天
是为了交出柔软的花朵
更好地，做你旁边的一株陪衬
为了你看我时，像春天看见丁香、兰花
和海棠
那样美好

我还是觉得愧疚
好像我做多少，都不及你给予我的多
不及你的一个笑
你知道吗，当你第一次喊我
我就知道我欠你的
要用一生去偿还

原载《星星·诗歌原创》2018 年第 8 期

## ·安竹·

### 再写一次影子

她更愿意藏匿于我的白天
遮挡自己怕晒的脸
畏惧光，并深深地渴望
偶尔循着我的视线，向外偷看

她也焦虑，呜咽，在我身体里
有限的空间奔跑
这时我常常需要抱紧自己，给她安慰
更多的时候，她选择沉默
这沉默到了最后，刚好夜幕降临

顺时针地，她旋开自己折叠的部分
冷静，超乎我的想象
她尝试倾斜、跳跃，甚至倒退着前进
一刻也不能倦怠。为了防止

我突然的转身和停止

有时我会故意将自己放缓
我看到她为了做到更立体，已竭尽全力

原载《草堂》2018 年第 7 期

## 东北有乌鸦

怀念一个人，用黑色的鸟
只有它陪我，留在北方的冬天

我们取暖，用沙哑与深色调
缓慢地飞，多像我的犹豫

我犹豫的时候什么都做不下去
只看窗口灰色的脸
天冷得连雪都没有
我忽然想伸手留下一些东西
几个黑点就可以

原载《呦呦诗刊》2018 年夏季刊（总第 2 期）

## ·鲍伟亮·

### 尘埃

东山之巅，村子离太阳最近的峰
新起的泥土，等待着日后
祭奠人的回忆与安抚
昨夜，月亮旁的星星又陨落了一颗
东山坟地，阴气重了一层
牛羊的叫声中，阳气多了一分
空屋余下一座，下一个春天
不会再有问候的笑声穿过

哀乐一重重，一重重
无名的岁月终将无名
坟茔，无限期沉睡
东山之上，一万瓣桃花一万次落下
他独自而来，独自而去
当送殡的人也老了，他便永远
永远，成为土地上，一粒尘埃

## 誓言说

许下的诺言，石头沉入大海
泥沙深处，埋藏的忏悔
敲打蚌壳如同虔诚的佛教徒
梵语足以震碎心中的侥幸

自省。虔诚。虚伪如镜
偌大的切割术无孔可入
誓言是一场风，习惯了二次咀嚼
坚固的三角结构，光明正大地完成洗礼
我还是我。我深信
世界不再是世界。自己拥有的贞洁
媲美星辰大海。适合不带推敲的观赏

原载《山东文学》2018年第6期下半月刊

## · 陈朴 ·

### 陈氏家训

庄稼，不要荒芜
爱护房前屋后的花草
和树木、昆虫。乐善好施
对待叫花子，要和对待
化缘的和尚和道士一样
要开门，要给馒头和水
要给庙宇，添砖或加瓦
不为一堵墙，和邻居争论不休
耕读传家，注重青黄衔接
不论贫穷或富贵，勤俭持家
不论身份和地位，宽厚待人
重情义，视钱财如草芥
在任何场合，都一定要
如夏花，或秋叶

原载《北京文学》2018 年第 9 期

## · 陈润生 ·

### 松树下

豁然喧氛尽，独对万重山。
——题记

山风阵阵，松果落在厚厚的松针上
发出细微的响声
扁竹根花已谢了，翠绿的新叶覆盖了淡
　黄的旧叶

那日和我在松下饮酒的人
去了远方。至今杳无音信
一只啄木鸟，蹲在枯枝上打盹

白雾弥漫上来了
下山的路，若隐若现

盘旋在云间

原载微信公众号“紫江文艺”2008年8月9日

## 间 幕

水漫上来了，漫过了光滑的鹅卵石
水麦草绿油油。水车慢慢转动
牛啃草的声音，押了韵

四姐在绣鞋垫。细细密密的针脚也押了韵
鞋垫上绣的图案，她不给我看
青山如黛。青山隔着青山

四姐终于把鞋垫绣完了
四姐下个月就要去深圳打工了
四姐坐上中巴车离开时，脸上的笑容
像芙蓉江水一样清亮

原载微信公众号“遵义她生活”2018年9月26日

## ·陈翔·

### 听柴可夫斯基

左手和右手之间，隔着音乐；
我们交出心，任乐手们弹奏。
他们对待乐器的方式，好像
情人的身体：雕刻这金色的
感官，使她们完整并且绽放。

音乐是一层层楼梯，领我们
通往另一重现实。仿佛画中
那些飞翔的男女，感到死亡
可以如此轻盈。随弦乐上升，
心坠入辽阔，灵魂楔紧灵魂。

听见与听不见之间的，是美；
巴别塔毁灭，人类还有音乐。
当音符从云端跌落，如骰子

掷入心室，肉体接近不存在，
共振成，这乐章里一抹色彩。

恋人的心，只为另一颗占有；
缪斯奉献回声，从来不保留。
自由平等博爱或死亡，这些，
我全部赞成，并且更赞成美。
如果美有刑罚，何妨再多些。

原载《扬子江诗刊》2018 年第 3 期

## · 德摩 ·

# 导盲四章

一

冬天可以变得更简单：
雪山如百千帐篷
为了这袋盐
我们还将生活一年

二

从远古摘来沙纸树
脖子修长。从夜晚提取出
原子、星星和人
并一一瓦解。体内的绿苔
就会变得透明一些

三

而后赤身，自我度量

而后左半边身子比右半边重
一种忧郁的畸形
而后虚拟一种童话里飞出的白化乌鸫
依松尾落下，不语
魂灵沙石铛铛

四

我们当然可以活得更详尽
衣衫湿尽仍在河里行走
但此刻，他一滴雨
都不想落下
近乎幽暗，又充满柔情天

原载《诗林》2018年第4期

## ·灯灯·

### 石 头

石头不会说话，一说话
就领到崭新的命运：或滚落，或裂开
挖土机开到山前
采石场彻夜不眠
这一辈子，我和无数石头相遇
看见过它们的无言，以及无言的复制
这么多石头，那么多石头
分成很多块，一样奔波，一样无言
一样在无言中
寻求归宿
很难说，我是哪一块石头
这么多年，我在外省辗转
我看见最明亮的石头
是月亮
我看见月亮下面，山冈、河流、房舍

各在其位
各司其职
是的，是这样
就是你想的这样：
碑石寂静，而牛眼深情……

## 你是……

我也感觉到，雪下着
是出路——

没有辩解，旁白，没有多余的意义
在穷人的屋顶，又落了一层
渔夫杯中酒，又空了一回
鱼在渔网，又挣扎了一次

而后是，你是渔夫，你是鱼
你是雪——

你是雪。你是雪。在雪的基础上
继续下着
在任何地方

……仿佛出路。仿佛归宿。

原载《星星·诗歌原创》2018年第8期

## ·董柳·

### 鼻尖略微有些酸

扇叶行走，入时光的缝隙
瓷杯中跳跃的欲望，绿萝的叹息
还有纸张上雀跃的蚂蚁

键盘心烦意乱，却也只旋转出半个句号
回形针过于固执，欲别走两滴雨
水波摇摆，钟声不停

这是为你设置的天平。砝码在手
只凭一念便可翻云覆雨
你想生，想灭，抑或纠葛一生

鼻尖略微有些酸
夹杂着一首唐诗，一篇现代故事
以及，一个人的潮起潮落

## 太阳穿过我的身体

我有三尺冰冻，三尺寒霜
也曾是液体，太久了，时光早已忘却
我可以铸剑，可以磨刀，也可以被当作
“床前明月光”
作用太多，意义太少
来凿我吧，凿出花来，凿出满地的珍珠，
让我踩
凿出一条隧道，你便能见到光

原载 2018 年 7 月 27 日《华声晨报》

## · 杜小龙 ·

### 寂静的春夜

暮色苍凉　浇灌了颤抖的沙滩
看　月光弯刀正在砍下坚硬的事物
伸手不见五指　浓重的夜色正打开翅膀：
蝴蝶们在春夜的露水里沐浴
荷尔蒙和味蕾混同　潺潺流过
远山脱去深蓝的烦恼
父亲背着大山　去了暮春深处讨饭

此刻　他一定抽着红兰州
抽着草莓红的寂寞
他只有抽去几百公里外的空旷
带露的月光才会划过沟壑纵横的脸庞
划过沙滩赏夜景的读书郎
划过已碎为异乡的故乡
团圆的月光

## 静止的风

白露了　一些念珠滚过草尖
一串秋天的鸣叫被提悬
窗口溢出白光　眼泪一样温热的一天到来

作为守灵人　夜色被逼退
叶子和果实密谈写轮回
偶尔　凋零的一两片也平静如昔
秋天正推着白云碾过无人的村庄
直到落日的轮子黯淡为灰白粗砾的眼神
我们一直试图剥离　从一把锁的铁锈中
两扇歇缓的门垂下翅膀　守住老家的歌声
后院渐凉的池塘升起一粒粒念珠的抽泣声
锁钥咬住老家　走漏的露水上
静卧着疲倦的秋风

原载《延河》2018年8月号

## ·朵渔·

### 预 感

我听到马厩里传来不安的踢踏声
沿着大地的脉搏鼓动我黑暗的耳膜
我闻到空气里充满了烈焰的味道
难道是那盗火者引燃了整个大海
我看到一颗子弹在陪一只鹰飞翔
一左一右，为它画出自由的边界
我感到一些奇迹就要在旷野生成
垂暮的使者将一袋礼物交给青年
那时星空尚未点亮，大地还有几盏灯火
凝视历史的人正将一个未来扛在肩上

### 愿 意

阳光在黄蜂的身上嗡响

松树冠被雨水浇得透凉
风吹细沙，她睡得像件瓷器
安静得就像我的榜样
夜雨留人驻，蛙声叫来提灯人——
昨夜是她小小的木质渡口，将一艘沉船打捞上岸
如果流水愿意，记忆将不会消失
如果记忆愿意，会照见一个隐身人
如果她愿意，那人将会把她举上天
会让她安静、战栗、破碎、飞翔
但是她愿意，她愿意
她愿意向他的隔空之爱奉上轻轻一吻
她愿意在他的盲杖之上开花生根
安提戈涅，安提戈涅，请照顾好这头老狮子
他的盲目在为你提纯泪水

原载微信公众号“折子的折”2018年9月

## · 尔东马 ·

### 在海边想女儿

关于爱
温柔的海风说不出
蓝色的海水羞于言

我只好，铺平干净的海沙
写你的名字
我反复地写，一遍又一遍
每写一遍，海浪就轻诵一次

亲爱的
我无法给予你整片海洋
但我想努力，让海涛记下你的名字

原载《草堂》2018 年第 5 期

## ·方楠·

### 我爱的不是一棵树

我爱的是碎片，一棵树绿色的碎片
是始终沉默的言语

碎片都消失了
我爱的不是粗壮的树干
不是大部分
是那些柔弱的细枝末节

我爱的也不是细节，我爱的是
整体与部分，部分与细节的关系
一棵树
遵循的秩序

我爱的也不是秩序

是自由。是自由向着虚无伸展
是自由生长出的一切可能

我爱的不是一棵树
我爱的是所有持久的事物

原载《诗歌月刊》2018 年第 1 期

## ·方石英·

### 稻草人

起风的时候，我开始幻想
在麦浪上练习书法
或者叹息，在水做的夜晚
往事的鳞片以落叶的轨迹下沉
失眠的鱼拒绝长大

我看见天真无邪的脸上
有委屈的泪水
却无法上前安慰
我看见最美的风景里
生长着贫穷
但永远不能开口说出

我只能站着倾听
风的倾诉，是一张旧唱片

在季节的轮回里一遍遍播放
我的心啊，空空荡荡
像一座年久失修的教堂

## 纯真年代

终于长到可以买半票的身高
小孩，你像一阵风穿过黄昏
说要和我谈论很久很久以前的事
十里长街，一根剪不断的脐带
一头连着海边的故乡，一头绕颈两圈

杭州怀孕，路桥出生
再从福星桥起航，回到西湖以西
和一只蚂蚁谈心至天黑
原谅我漂泊中小小的私心
将两代人的双城记深深嵌入你的名字

在我尚未结婚时，我就开始准备
当你识字之后可能想读的书
它们躺在房间的各个角落
等待有一天被你无意中翻开
如果你不想读，那也是你的自由

我和你，茫茫人海中的两块石头
你喊我爸爸，我的心就软了
你无邪的抒情是一面镜子
内心有多光明，“隐私”之诗就有多美好
在你九岁的春天，纯真无敌

此刻，你已熟睡成一颗星星
我在他乡独自饮酒
在醉倒之前写一首并非可有可无的诗
若盐若梦，终有一天你会相信
即使重新投胎，你我依然相拥在纯真年代

原载微信公众号“诗刊社”2018年9月

· 冯青春 ·

## 鞋匠不是那么好当的

当一个鞋匠。你就要管理一个县城的鞋子
不要小看一个县城。从早上十点
直到晚上十点。访客一个接一个
他们提着各自破损的鞋子来向你诉苦
我也深知他们的苦楚。只能是
马不停蹄尽我所能
现在。晚上十一点
我终于可以坐下来了
看着皲裂的手指
不禁感慨。管理一方。多么难

原载微信公众号“送信的人走了”2018 年 1 月

· 甫跃成 ·

## 绿皮邮筒

它矗立在那儿，作为旧时代的一种见证，
戏曲里的一件道具，从公交车站到药店门口，
一个不大不小的障碍。我从未见过什么人
将一张卡片塞进它的嘴巴，也很难想象
它跟真实的沟通有什么联系。
暴雨倾盆的那些晚上，我望见它，
独自站在空旷的街口，浑身淌水，
多像一个无家可归的人。
但是今天提前下班，我意外地碰到了
它的传说中的绿衣服搭档。
哦，它原来一直活着，确实是空心的——
那个跟它相同颜色的邮差，
蹲在它敞开的腹腔之前，清理出了几片树叶，
一团餐巾纸，还有半截烂在筒底的信封。

# 雁 过

他们在我们周围两丈以内。
背靠我们，他们分享
内部的经历，跟摄像头前的他们
大不相同。我们对此一无所知。

我们在下班之后进城逛街。
我们看吵闹的电影，吃肯德基。
在他们隔壁，我们对他们的轶事
反复评品。睁着眼睛擦肩而过，
没有觉察任何破绽。

他们躲在什么地方？有什么
隐身之术？何时到达？何时离开？
可曾留下蛛丝马迹，以便
我们顺藤摸瓜？

像一群大雁，他们从绝高处
飞身而过。我没看见他们的影子，
只在后来的报纸上
读到了“呀”的一声。

原载《星星·诗歌原创》2018 年第 11 期

· 谷语 ·

## 春天就这样蒸发了

我是被下载下来的，储存在
中国这张磁盘上，隶属四川分区
并在康定这个插孔，接入系统
在峡谷，春天是雪山融化出来的
是从紫荆树枝，分泌出来的
蓝宝石的天空，黄金打制的花瓣
春风过了一茬又一茬，喊我
我被插在机器上，不能停止
不能罢工、喊累，只能被删除
报废。数字、混凝土、指令
反复运行我。商品房是
一只鼠标，通过经济的数据线
操作我。春天就是这样蒸发了的

原载《大观·东京文学》2018 年 9 月上旬刊

· 韩熠伟 ·

## 把春天泡在月光里 一饮而尽

抓一把清风来穿针引线，
兰花指一翘，那些诱人的桃花就会从古老的传说里走出来。

几粒鸟鸣屯聚粮草，为春天画上冒号。
快，把这些价值连城的春雨收集起来，
等一个神秘的隐喻，可以划开季节的衣襟 。

我已经在一枚种子里打坐多年。蓄势待发。
用岁月的汤匙舀一碗月光，把春天泡进去。一饮而尽。

## 在一枚词语里住下

在汉语词典某一枚词语的内心深处住下来。
伺机等候 ，然后带一片春色私奔。

我把千秋万代请进一本稿纸里，
或烽烟四起，抑或满山苍翠、鸟语花香。
把上好的岁月装订成册，随便一翻，
泛着古香的精彩情节，就能历历在目。

今夜，我把久违的乡愁从口袋里掏出，
不知道，陈酿了整整一个冬天的香醇，
会不会从月光的杯盏里，向我探出头来。

原载《儿童文学》2018年第8期

· 贺予飞 ·

## 火星镇

从火车站出来右转，到达火星镇
人群鱼贯向右，有着倦鸟归巢的安静
一幢幢旧式民居的格子窗里
有人点亮昏黄的灯火

我的先生来自其中
那时他年少，穿着白球鞋跑过大江南北
如今被孩子拽着去卖糖油粑粑的巷口
带着一身糖渍回家

通往火星镇的路，有一道需要用力扭转的阀门
人们早年因为修火车站迁居而来
所有通往火车站的路都急切地敞开，再敞开
只有火星镇拧紧，再拧紧

## 穿石坡湖

岳麓山的一滴眼泪，悬于尘世
与天空之间
远方有波浪成群赶来，仿佛阔别多年的游子
重回母亲怀抱
而那些暗处的生命，奔向山的深处，水的深处

几尾红鲤顺着血管游开，风
吹过五脏六腑

沟壑与山川呼吸柔软
我双眉如桨，挣脱水的牵绊
体内长出椿树的肋骨
它不善言辞
用一片嫩芽，与层峦苍翠对峙多年

孩童们学着野鸭嘎嘎翘首
所幸湖水让我早已过了模仿的年纪，也不再轻易带上光环
刀锋刻在肌肤上，该来的我不再躲避
玉虽损
黄金枷锁已卸下

忘掉先贤与圣人，仁者与智者
忘掉伤痛，忘掉自己

在湖畔独立的那个人
成为水的一部分，成为岩石的一部分
成为万物的一部分

原载《星星·诗歌原创》2018 年第 1 期

## ·胡查·

### 定风波

很少有东西，
能像天空那样，完整而空虚。
自我满足的时辰，
东南西北，忽然吹来了风。

偶然迟到的雨，轻轻敲打着竹叶，
鱼浮于水，人浮于世，
谁也不会是永远的漂泊者。
在一条弯弯曲曲的山路上，
樵子遇见了和尚。

### 开始的确是这样，后来变成那样了

我从白发里抽出青丝，还给你万念俱灰。
还给你杜鹃的春心。

还给你无端之水流不尽。
拍马莫问前程，
还岁末以浅雪，还黑漆于棺木。
还给你两头不到岸的尴尬。
开始的确是这样，后来就变成那样了。
还你流氓的寂寞。
还你负面的山水。
海上花还给海底鱼，一丈青还给半匹麻。
蛙鸣还给深井，黏土还给熔炉，芝麻还给馅饼。
航海日记一片空白，
还给你遗失之岛和极昼之夜。
还你黄金锚和满天星。
后来的确是这样。我拿走了什么就还给你什么。
我把灯火还给寺院，把荒芜还给田园。
把桥梁还给河流，把白银还给冤枉的自由。
垂枝还给根须，黄祸还给证据。
还永生以饮鸩而死，
还宝藏以失踪之谜。
旧时轱辘兜兜转转，早晚归于一梦。
我把初衷还给始终，把刍牛还给吴钩。
把惶惶前世还给滚滚今生，
把长河一落日，
还给肝胆两昆仑。

原载微信公众号“无限事”2018年6月

## · 胡游 ·

### 根雕人

他首先要把那一堆挖回来的老根
看上三五天，看环肥燕瘦
然后把她们从头到脚抚摸一遍
试图解开千年的心结

他爱上了这些死去的老根
它们曾经枝繁叶茂、青春飞扬
这是他的骨头
是埋在泥土里的闪电
百年后
他也期待后人挖掘他的故事

其实，他不是什么艺术家
他只是在颓废的木屑里活着
但是，只要他找到一种喘息的机会
就会对腐朽的生活开刀

# 过 敏

我的上皮组织薄如蝉翼
一到广西就水土不服
身上就痒，挠后就起红疹
如故乡的地图与花瓣

天气也过敏
好好的艳阳天转眼就暴风骤雨
路上的行人突然成了落汤鸡
半透明的乳房冒出来
小孩也成了鸭子

买了点抗过敏的药膏
涂在乡愁上，也涂在白云上

原载《人民文学》2018 年第 5 期

· 黄金明 ·

## 不存在的翅膀

那几年，他只关心翅膀或飞翔的问题
他用锄头挖掘过地下的翅膀
而一无所获。他妄图用捕鸟网逮林中的小矮仙
而枉费心机。他持着割钩（两广乡间一种装着长柄的镰刀
犹如死神的兵器）守在天黑前的山冈捕猎
而徒劳无功（传说酉时会有长着翅膀的仙人
从山冈上飞过）。他用竹篾和阔大竹叶
编织过人造翅膀，那是不错的雨具
但无助于他飞上天空（他曾在梦境
翱翔于九天而终生难忘）。连蚂蚁也有翅膀
而人类没有。连蝙蝠也能高飞
而人类不能。他望着每一只飞鸟
犹如叶芝望着毛德·岗。他的小木箱
装满了各式各样的昆虫羽翼及鸟类的翅膀
（他秘密收集着翅膀，梦想拥有
鹰隼的翅膀而不得）。现在，他只缺少一门

将翅膀安装到背部或胁下的技术
他被一阵巨大的轰鸣声惊动
天上有一架飞机像雪亮的镰刀割开了乌云
他如梦初醒，跳起来要盗取飞机的机翼
而无望地跌倒在草坡上。那一年，他九岁
他将收集的数百只翅膀付之一炬
开始了制造飞机的艰难旅程（唉，别说了
我不想再复述那辛酸而徒劳的漫长岁月）
持续到老年，仍未停止。他的企业家儿子学武
给他买了一架遥控飞机模型，可以在晒坪上
起飞和降落。他将其按比例放大成了一架小飞机
他爬进去，坐在驾驶舱里，像蹬三轮车那样
将“飞机”发动，但飞不起来
每次我见到他，都觉得他的背部
隐藏着数不清的翅膀，但没有一个长出来

原载《诗林》2018年第5期

## ·黄小线·

### 卷 尺

卷尺在一点一点收回自己
被丈量的事物，隐秘的痕迹被擦除

“它们至死，不知道被设计过。”
——缩起来的卷尺
在暗处，找到自己的内心

月光从窗台上移开
房间里，只有失眠的匠人

### 十 月

刚刚上二楼的老人
已经痴呆，认不出自己的子女
见到我，他说来来

我站在原地。他就自己跑到跟前
端详我，并微笑
但一直叫不出我的名字

现在是十月。很快又到年尾了
世间所有的迟钝，都让人产生恻隐之心

原载微信公众号“诗人装”2018 年 10 月

## ·惠诗钦·

### 十三只月亮

今年闰月
多了一只月亮

在美丽的天空里
添上一双眼睛

我虚设的王
是我的过往和现在的
城池，透过月光
渐渐婉约成
一首绝句

原载《榆林文苑》2018年第2期

## ·加撒古浪·

### 与己书：1987年

风从高山的雪峰上下来，不慌不忙
风吹旷野、麦浪，还有不起眼的草
就是这些卑微的事物，喂养了我
我爱上了旷野上的风和风一样奔跑的孩子
旷野于我，是奔驰的枣红马
是一垄垄的稻田和天边的北斗星
也是父亲念诵的经文，在我耳边变成的流水
别问我，是如何爱上了这风吹麦浪的声响
是如何爱上了细数马匹身上的蝇虫
那蝇虫的声响是嗒嗒的马蹄声
在每一个午后，总是撕扯着我的童年
我的童年就是系在马匹身上的一条缰绳
与马匹一同啃食青草，放牧春天
风吹旷野，吹散了很多往事

可是，有些往事却总是甜美地伤害着我

原载《边疆文学》2018 年第 9 期

## 拉布与阿罗

拉布的一生没有娶，阿罗的一生也没有嫁
他们的一生，平静如水。都长着黑土的脸
草可以长在头上，喜鹊也可以筑巢
逢人便鼓动着腮巴，把苦难咽进肚里
比画着手脚，把村庄描摹成圣地
很多时间，扛着一把锄头，把太阳也扛进屋里
在寂寞的夜里，点燃人间的烟火
他们就像母子（实际上拉布是阿罗的侄儿）
他们不曾远行，但也许有梦，像星星般闪亮
他们的远方是村口的自留地外的小镇
他们在茅草屋里哭，在茅草屋里笑
在院坝，他们堆满了一堆又一堆的草垛
同时，堆满了一堆又一堆的光芒
仿佛堆起的是他们的一生，渐渐腐烂却又永恒

原载《滇池》2018 年第 9 期

## ·江非·

### 灯 光

有一天我们会将灯熄灭，然后
起身离去
现在我们亮着，证明
有人在这里，但也
仅限于此。有人
在这里，但并不是在这里生活
有一天我们所用过的东西
都将被收拾，被收起
一部分被扔掉或遗弃
还有一部分
将被收走，或出售
灯还会亮起，但
早已不属于我们
已不是我们在用灯光来证明什么
有一天我们还会路过，或是

回来，会站在
灯光的远处，看着
这里的灯再次亮起
在熄灭之后，我们
取走我们藏匿的东西
有一天我们看到灯光依旧
灯亮了，但灯光下的人
并没有他们想要的生活
但灯亮着
我们会放心地离去

## 像空气

我们会把我们的一部分
留下来，我们像空气，或是
词语的余音。我们会在
一切光线内，但已经
比光线更宁静，会如一阵脚步声
但是那种越走越远的脚步声
我们会换一个季节，换一个国度
在不一样的树下投下
我们薄薄的影子
会跟着不一样的孩子，出现在
说着另一种语言的梦里
把窗户开着

朝向所有的星辰
会证明我们活过，并曾受过苦
曾经深爱别人，也被别人爱过
我们会回到家里，在每天的黎明时分
会回忆过去，记着馒头和面包的气味
会让火在夜晚里诞生，并不惧怕它
我们会平静地坐在动车的椅子上
但不会被认出是谁坐在那里
不会要求任何的许诺和礼物
会唱歌，但不会大于
水果在夜里腐烂的声音
在死亡之后，我们也会生活着
只不过是更轻，更慢，更冷，像空气
在死亡之后，我们的一部分
也还会继续留在这人世上
它们因来自人世而更真，更善，更美
更羞涩，像空气，爱每一个人

原载微信公众号“无限事”2018 年 11 月

· 江浪 ·

## 誓言词

取出水和烟沙
取出蔷薇，取出执迷不悟的流年

给你灯笼和明艳的眸
给你猛虎，给你美人，给你花前月下

索性将这高耸的乳房和打下的江山
我所能抽离的肉体全部取出，统统寄给你

谈到一枚邮戳泛黄的苍生，只不过再也不能给你了
这誓死不愿垂下的头颅和风骨

## 梦驼铃

栀子花天生就爱长在远方
背井离乡的人偏爱二锅头和花生米
现在，有一匹马踏着胸口驰过

口袋鼓鼓的暮色主，酒气一样沉
嗑着的小幸福、小悲伤，它们如此轻飘飘
苍茫的烟卷是海平线上升的逆光

你守护的半座城，现在露从脚下白
那些花色不禁失声，替我比画出空洞的哑语
有一个人像杀手，至今未归

原载《振风》2018年第3期

· 江一苇 ·

## 不得不接受的比喻

我见过最温柔的植物是垂柳，
从不粗枝大叶，
亲吻你抚摸你，
却一丝尘埃、一点涟漪都不会带起。

我见过最卑微的动物是刺猬，
渴望被接纳，又很怕受伤害，
世上再也没有什么生命，
比它活得更小心翼翼。

亲爱的，我爱你。
我也曾年轻过，
骄傲、自负，喜欢一根竹竿直插云霄。
而现在，人到中年，
我回过头来，
才发现，即便固执如我，

也有不得不接受的比喻：

因为爱，柳树静静地垂下头颅。
因为爱，我像一只刺猬，把自己藏在了刺里。

## 看 门

小时候，父母常常交代干的一件事
是看门。看门的时候，常常干的一件事
是找一只蚂蚁，拿一根树枝挡住去路，
让蚂蚁爬到树枝上去。之后把树枝举到空中，
将一端向下，看蚂蚁怎样往高处爬。
等到它快要爬到顶端了，再将另一端向下，
如此反复。我承认，这个过程让我快乐，
让我有种掌握别人命运的满足。所以，
有几年时间，我乐此不疲。
好在我也有玩累或失去兴趣的时候，
好在我没有杀死更多的蚂蚁，只是将它们
和树枝一起丢到一边。可这件事，
还是给我留下了隐患：多年后，
当我一次次咽下牙齿，走在绝望的边缘，
我总是会想起那些树枝上的蚂蚁，
想起它们疲于奔命的过程，
或许时至今日，有几只还没有爬回窝里。

原载《星星·诗歌原创》2018 年第 4 期

## · 蒋兴明 ·

### 在乡下

在乡下，我又开始关注细微的事物
扶起一茎草
给勤劳的蚂蚁让路
都是幸福的事
去水井边饮一口清凉
到山顶喊几嗓子
也足以让人回味多日
一些邈远的心事
没有飘浮的白云高
只比欲飞的蒲公英
高出一点点
在乡下，不问缓慢的炊烟
不问农事
哦，不问宏图伟志
揣两颗山野间的红豆

一颗给你，一颗给我
仿佛许多光阴已悄悄走远

## 敲　门

那时我很年轻
我有十个胆子去敲门
我敲的声音，时而轻，时而重
估计你是猜对了
门没有打开

从那以后
我就忍不住走上前去
一次次敲门
时而轻，时而重

一直到现在
我将敲门变成了习惯
更加小心翼翼地敲
敲门，敲门，敲门
我有铁杵磨成针的情怀

门仍旧未开

也许永远不会为我打开
但我还要敲门
我不是一无所有的人

原载《长河》2018年第2期

## ·金楚瑜·

### 身体的狂欢

身体，在水里狂欢，
像一条自由自在的鱼。
身体是流淌着的白昼，
渐渐被夜晚吞噬。

一对脚踝盲目地搅动着光线，
手臂的力量化作一股蓝色的旋律。
双腿沉入夜色，
用力把流淌着的泡沫荡平，
水面得不到片刻宁静。

白昼，
反复击碎浮在水面上伶俐的唇齿
和聒噪的语言。
拥抱自由，
沉没，独自游弋。

原载《河南诗人》2018年第4期

· 津渡 ·

## 拎皮箱的人

在我们这个世界里
到处，都是这样
拎皮箱的人

在我们乡下，也不例外
皮箱，像终生的影子
走到哪里，拎到哪里

皮箱里，叠着
整整一箱子皮影
皮箱里，积满了灰尘

每天，拎皮箱的人
都要从皮影堆里
拖出来一具

拉出来，又装进去

每天，灰尘
都要往里面钻，每天
都要使劲地
把灰尘拍打出来

这样的事一再发生
拎皮箱的人，满面尘灰
即便被阳光绊倒
也要装作若无其事

有时候，拎皮箱的人
和箱子里的皮影
一样积满灰尘
已经分不清彼此

拎皮箱的人，才会
认真地辨识一下自己
下一具皮影
到底是不是自己？

夜晚，倒出箱子里的皮影
和所有的灰尘
拎皮箱的人躺在里面
开始伤心地哭泣

原载微信公众号“送信的人走了”2018年11月

· 荆卓然 ·

## 抵达

每次抵达一座山峰之巅或者一首诗歌的制高点，
我的未来和恋人，就会在远方若隐若现。

不必喝酒，也不必喝茶，
更不必为赋新词强说愁，
我的目光就能翻山越岭，飞檐走壁，
抵达伊人的梦乡。

每一个人其实都长着一对翅膀，
你想飞，就能展开翅膀，
你不想飞，就是一块石头，
萎缩了想象的羽翼。

如果我的思念靠雷电的羽毛，才能抵达你的心房，
我愿意在云端之上，架起梯子，再展开翅膀。

原载《椰城》2018年第5期

· 景绍德 ·

## 一尾犯了乡愁的泥鳅

在一条河里活，和在敞口瓶子里活，没什么区别
对一条豢养的泥鳅来讲
瓶子与河有一样的辽阔，一样的风险
一样可以安身立命

游动，是它活着的意义
有几次，我目睹它的失眠和躁动
它撞击瓶子，像围困的战士，寻求着突破口
它跃出，在桌子上发出轻微的声音
像胜利，像求救，更像是了却心愿

我将它遣送水中
像把自己
又一次遣送回故乡

原载《华语诗歌双年展》2018 年卷

## 患上乡愁

已经好久不提村庄和老屋前安睡的磨盘
灯盏，晃动着微弱的光左右摇摆

我是农民的儿子
土地、粮食、针线不能丢
即便我已不再挨饿受苦
土地上还有挨饿受苦的人

当我发现我是如此热爱土地
我知道，我的诗歌一旦离开土地就会生病
就像我离开故土后
患上了乡愁

原载《千高原》2018 第 3 期

## ·康承佳·

### 三月了，先生

三月，适宜一无所有，适宜遣词造句
三月适宜从雨水中剥离出命运，三月
适宜在夕阳里完成一些年轻

先生，三月了呀，我看到你体内盛满
我带风的路径。先生，你看三月
年少的你我还不知生死。三月
我们是否理应走得更靠近一些

三月，我给你写长长的信
告诉你珞珈山上的樱花恋旧
告诉你梅园里，草木年轻

先生呀，珞南四路今天昼夜晴朗
自强大道上，你看枫叶初生。我多希望
你也是它们的一个部分，无须佐证

## 晚钟

“一个人就是一个时代。”他说话的时候
我盯着墙上的晚钟，听到字与字的间隔之处
隐藏着某些情绪，窗外下着雪，靠近
一种事实，本质单纯透明
突然之间，被大片大片的白色感动

其实我当时也想说点什么
但是依旧缄默，我懂得，我们路径恒定
毕竟一开口，便是深冬

一些没有说完的话，被月光反复清洗
留下可以印证的局部，我在想，它们终究
会露出清澈的骨骼，和清晨一道返回

原载《星星·诗歌原创》2018年第9期

## ·康雪·

### 时间

时间从野外回来时携带了一身的香气
但它又如此疲惫啊
得在一个人身上重新开始

时间敲响了婴儿的房门，它的确疲倦极了
但又如此礼貌——
它进屋前抖了抖蹄上的灰尘

时间在婴儿身上一鼓一瘪地呼吸
时间如此洁净

### 婴儿与乳房

以前不知道，天生柔软的乳房
能变得比石头还坚硬

不知道石头里有河流
河流里有怎样壮阔的温柔与暴力
这暴力是婴儿独自承受的

以前不知道
不是一生下婴儿就能成为母亲
不是掏出乳房就能轻松地
喂养这个世界
是婴儿，以非凡的耐心
慢慢教会一个人成为母亲

是婴儿
让普通的双乳有了潮起潮落
有了月亮一样的甜蜜盈亏
是婴儿，平衡了一个母亲乳房内部
与外界无垠的疼痛

原载《诗刊》2018 年第 1 期下半月刊

# ·空格键·

## 我理想中的居所

我理想中的居所，开门应见山：
一部季节的通史，万千魂灵的宿地，
时有鹤飞过，并未留声。
雨水滂沱的下午，我在一张晚报里暗访亲友。
夜里不点灯，我想我会睡得早一点。
我想第二天早上，打开门，湿漉漉的山会向我怀里倒来，
而我，非得用点力，才能将它扶住。

## 隔着风中不断晃动的花朵

隔着风中不断晃动的花朵，
我看见了伤害——一只锦鸡，在枪响之后，
它鲜艳的羽毛被夕阳点燃，在青翠的草丛中
独自燃烧。

我看见了死亡。它比墨绿的夜晚更早。
它是春天脸上不易察觉的
一丝笑容。风不可描述。

而不断晃动的花朵知道这个秘密，
它们把它公开在了暮晚的天空，那更加诡秘的霞彩里。

原载微信公众号“重写”2018年11月7日

## ·蓝格子·

### 莲花山

记忆深处的某个秘境。一旦涉足
就休想忘怀。莲花山
有时不过是一个名词，并无实指
譬如此刻，你用去整个夜晚的时间在山中闲逛
一次故地重游。竟不知疲倦
树上的叶子已经落了大半
是的，那些树
它们显然经历过一场冷霜
深秋的风吹来一些萧瑟之气
枯草更枯，黄叶更黄
无论你是否理解
我们交谈中的词语也正这样承受
一些难言的苦衷变得更苦
我们自言自语，我们无话可说
危险来自对往昔的依赖和对未来的恐慌

更凛冽的时刻就在不远处
这并不是什么秘密
你知道，无论天气多么寒冷
莲花山都会一如既往地不为所动
克制，或是忍耐
我们也曾这样一意孤行
我们曾露宿在此。记忆的裂缝
再一次打开。一座山
在黑暗中压向你的眼睛

## 大海安静下来

这一次，我们没有触及海水
甚至没有去踩那些软绵绵的沙
阳光在水面上投射无数细小的波纹
是什么让大海退去了之前的肆意
书本里描述的蓝在头脑中折叠成安慰
此刻，是灰色占了上风
你要接受一种真实，并非印象中的虚幻
日常在一次次交谈中显露出窘态
词语遭受到外界的鞭打
这么多年，大海中兀立的岛屿
也是这样日夜承受着身心分离之苦
更远处的山，总是不动声色地
看着它们汹涌，咆哮

或是低声哭泣
现在，眼前的辽阔与负重
让我几乎忘记了生活的悲伤
海天一色。平静下来的大海
一个人，站在它旁边
宛如一棵安静的雪松

原载《星星·诗歌原创》2018 年第 6 期

## · 老四 ·

# 路过之诗

我的一生在这里路过
路过母亲的子宫和乳房
路过童年和手推车
路过少年和青春痘
路过恋爱和小旅馆之夜
路过婚姻
路过一辆开往双子座的公交车
路过我的皮肤内侧，靠近心脏的
那条铁路线

我拥有健康、自由和随时准备好的
绝望的勇气。我带着爱情的爱
嫉妒的妒，春天的春
来到护城河与大明湖之间
青后小区 5 号楼 602

来到最干净的床单上
一天就这样过去
一天还未开始。在我的书架上
有一本教授如何死亡的书
千万不要，我是说在路过自己的心脏之前
不要说到死亡，这么纯洁的姑娘

## 少年游之县城

天空落了下来，停在伸手可及的彼岸
雪定居在路边；一条狗
从这个村里逃出来，窜进那个村

我们四个人，在后半夜要去县城
走着走着，夜晚把路封住了
月亮把我们封住了。走着走着

就不知到了哪里。那是十五年前
至今我仍记得那片野地；我们走了一夜
县城遥不可及，县城从未出现

好似多少年后的我

原载微信公众号“千佛山文学沙龙”2018 年 10 月

## · 李成恩 ·

### 微雨的喜悦

春雪之后迎来微雨，这是清明前的喜悦
我煮野菜充饥，春日的饥饿太美了

我喜欢这饥饿像小虫子，好久才光顾一次
我家门前的枯树也饿了，她像我一样，渐渐体会到了爱

微雨飘散，我的喜悦也在小区里散步
我沐浴微雨收获对春的饥渴，我还顺便松土

我在树下埋下半日春困
醒来时微雨中的北京更绿了，我脸上的细雨分明写着
——爱你熟睡的模样
——爱你梦中的牙齿轻咬下嘴唇说：拥抱我微雨

## 春天的鸟在叫

自行车在叫，生锈的铃铛在叫
春天在叫，人类绿色的心脏在叫
枯萎的老牛转动发呆的脑袋，它弯曲的
牛角在叫，它乌黑的尾巴在叫
洞里的蛇在叫
像婴儿想念妈妈一样地叫
儿子在叫，衰老的父亲在叫
躺在墓地里的外公在叫，他坚硬的骨头在叫

石桥在叫
蹲在石桥上的鬼魂在叫
一到夜里满天的星光在叫
仿佛满天的鬼魂扑向春天
春天抱着散步的庄子在叫
庄子抱着一捆干柴在叫
陶渊明抱着南山在叫

我经过操场
邹静之的话剧在叫
操场在叫，学生奔跑
他们绿色的心脏在叫
整个校园都在叫——
小丑在叫，网络在叫

唯有天上的鸟静止不动
它不叫，但吐出一颗绿宝石的心脏
看啊！沉默的人低头默默经过操场
脚后跟在叫
明亮的脸上留下自行车跑过的线条
春天骑在自行车上
一边跑一边叫——
嗬，我要摔下来了呀

原载《江南诗》2018 年第 1 期

· 李 东 ·

## 风过草原

几株突兀的野草，最先感知到风
向游人招手，向大地鞠躬
绿草地缄默不语
只留下波浪式阴影

风过草原，羊群被打乱阵形
三两只迟疑下来
像天空坠落的云朵
或草原盛开的花
更多的羊飞奔起来
它们在与风赛跑

## 洱海之夜

陌生人以陌生的方式闯入
把一段孤独的海岸线据为己有
被雨水狠狠打湿
洱海之月，跌进深不见底的水里

风自下关而来，穿过密集雨水
将一场奇妙的相遇再次推迟

黑夜里的事物，只能交给记忆
或者想象。而此刻，所有的画面
深陷于一些似曾相识的剧情

洱海之夜，我拥有漆黑的辽阔
和潮湿的孤独。零星灯火
在水面波动，像黑夜虚晃的出口

原载《中国作家》2018 年第 9 期

## · 李弗 ·

### 无

先有远山
再有青松和铁塔
铁塔上一只叽喳的麻雀
抖落雪花
朝眼前白杨飞过来

麻雀一直在飞
姿势冻在空中，一直飞不过来

此刻唯一有颜色的
是烟头大小燃着的橘红太阳
而这太阳
和这山、这树、这鸟一样
被一个人卷起带走了

## 晚秋

麻雀绝食而亡。在后山歪脖子树下
最后一把黄土让坟墓降临
想起我也将长眠于此
晚秋的火烧云席卷了残余的纸钱

草木凋零。步入无尽的黄昏
枯叶落下，我的脚印转眼恢复了自然
而你我所珍爱的
在头顶一对翅膀下盘旋、盘旋

原载《南方文学》2018 年第 3 期

## · 李王强 ·

### 辜负

我以尘蒙面，赶在霜降前来看你
隔着二十年的雾岚，恍惚
如一场无法注解的传奇
你正在月下汲水，轻捶腰间幸福的倦

黄叶山冈满，庭院一灯明
星辰在高处，如大海般汹涌
落到万丈人间，便只剩下这安宁
这柔和中的清冷

你肌肤上的丝绸，在渐渐还原纯棉
暖着另一个人的野心，和你
竟然不知的辜负。就让洗过的衣衫
始终不干，替你啜泣，换来持久的安慰

你将一滴泪，藏得太深
它已忘记了流向，甚至出口
我也把一柄剑，藏得太久
它已剑鞘合一，抽不出锋刃上的爱恨

## 罪人

风中已布满了霜刃
他还顶着一件破旧的衣服
佝偻着，捡拾地上的烟蒂

车轮往来飞驰，溅起
一片又一片泥浆和喧嚣
打在他身上，他脚步
踉跄，表情却有难得的
平静和从容
像胃里巨大的空洞

东倒西歪的垃圾桶
是他收养的儿女，只能
靠着它们，度过
四处漏风的余生。此刻
蜷缩在高楼制造的阴影里
他，双唇紧闭

仿佛替人间守着天大的秘密

一只断肢的
蚂蚁，始终爬不出
他脸上的沟壑纵横
而每一个衣着光鲜，从他身边
经过的人，都恍入
罪的迷途

原载《北方文学》2018年第6期

## · 李尤台 ·

### 刺绣

长途车站把反光颠到旅途的背面，
剥开我静候荔枝的尖刻。

我是从隐形眼镜的邮包里漏出的。
是秋风，是落叶打旋时候，
新拆一副纸牌。

“天才总是最先为自我命名的那个。”

松针垂落一层台阶，我往下走，
唐朝的屏风合上，青龙在咀嚼火烧云。

高力士只用三根手指，
就摘下了诗仙新买的雪地长靴。

原载《诗林》2018 年第 3 期

## · 李壮 ·

### 青岛大教堂

一

闭起眼睛，便能看到它
每当我模拟死者，闭目屏息
那轮廓从黑暗的渊面之下
浮升起来

是的，在童年的正午
我曾久久抬头凝视着它
塔楼背后的强光
刺下了视网膜上永久的文身

因此我不惧怕黑暗
不论行走在午夜的老街
还是死亡的想象里面
我是随身佩带教堂的人

合上眼，就看见天堂之门

二

有时候天降暴雨，教堂的塔尖
如同探出水面的小小石块
闪电经过时，会在上面轻轻落脚
但从不炸响

像是古老的哑剧
大教堂，它用混淆时间的安全感
催眠万物
在它石头的雨檐之下
我与蚯蚓一同睡去
我与流泪的石头圣徒们
一同睡去

三

最后一位牧师离世后
喜鹊继任为末代主教
清晨四点，它开始准时布道

拿撒勒人耶稣
说一口艰难的青岛话
悲悯的天性催促着他
与苦命人同在

每当阳光漫过彩绘玻璃
他在红色和绿色中自言自语：
父啊，父啊，悲伤还是那么多

而他们婚丧，他们嫁娶
他们听不见他的孤独

原载《扬子江诗刊》2018 年第 1 期

·量山·

## 谈谈叙利亚

一个小男孩画下灯塔
——带枷锁的月亮
半边脸的妈妈
这些不规则的形状和苦难有多大关联？

天暗下来
小男孩不知去向
而他们在墙上，我们在床上
“你完全可以大声叫出来”

现在，谈谈叙利亚
谈谈大马士革的血腥
用头巾包好一首悲伤的诗
乔装阿拉伯人、库尔德人、亚美尼亚人……

在一面涂有蓝漆的墙上

原载微信公众号“诗赏读”2018年9月

## ·林东林·

### 瓦 松

房子要老到一定程度
屋顶上才会长瓦松
上次是在石牌
这次是在上渡
一样的瓦松
长在不一样的屋顶上
一样的瓦松
以前用来入药
现在成为荒芜的象征
经过这些瓦松
这些老房子
和它们紧闭的木门
你走远了
并在走远中想起
一段去向不明的生活

和一些面目模糊的人们
你什么都不清楚
只是知道
他们也都曾经
拥有一颗清晰跳动的心脏

原载微信公众号“副产品”2018年6月

## · 林美聪 ·

### 海浪

今夜，若有幸遇见流星
我就是这沧海中的一朵浪花
——为之欢呼雀跃

我无畏狂风和暴雨
跳上一支船篙去亲吻皎洁的月光
并学会左右摇摆，与风暴
制造出更大的风暴
划破整个夜间的空虚……

在每个清晨学会与朝阳挥手
去眺望晋江以南的海
和住在海上的高山
我决定给每一座山以应有的名分
譬如清源山、紫帽山、英山

渐渐地习惯于游走
在这座城市。每一盏路灯
每一条老街都有自己的符号
就连我也是这奔腾海浪中的一朵
并为之流浪……

原载《福建日报》2017 年 6 月 28 日

## · 林珊 ·

### 小 雪

不要试图在雪天，谈论一个人的内心
是否会有雪崩的声音
也不要在炉火前，任由一只多嘴的乌鸦
死于树枝上流淌的寒流
比起诸多被生活摧残的日子
我更喜欢这个无所事事的雪天
三十五年了，在这里，我逐渐沦为
一个雪中的囚徒——
这其中我失眠、疼痛、日渐衰老和消瘦
这其中我抑郁、恐慌、沉默寡言和泪眼蒙眬
你看到了吗？雪天总是小心翼翼带给我
——虚幻的喜悦，和无言的孤独

## 看 湖

还是想念一面湖水
还是想念秋草枯黄的村庄
还是想念途经的一场大雨
一间小店，两排香樟……

我曾在十二月，在去往湖边的途中
遇见过一位老人。他独自坐在坝顶
静寂，沉默，出神地望着一面湖水

他身后有一片颓败的苇丛
草地上有一辆锈迹斑斑的自行车
冷风吹乱他的白发，冷风吹过他的脸庞

我回过头，又望了他几眼——

我希望我拥有的，和他一样多
我希望我失去的，和他一样少

原载《星星·诗歌原创》2018 年第 4 期

## ·刘京·

### 放风筝的孩子

很多孩子都不懂追风而跑
所以慢，所以低
当然还有放线时机和放线多少
可他们仍像嫩芽一排接着一排

多好啊
满天的风筝都有属于自己的名字

别丢掉
空中的回音
破框而出的目光

孩子们的远方
正随着大理石地面
在风中叠合

这些快成了
成年人被仰望与被遗忘的生活

多数等待风筝的人
总得在春暖花开的日子里
忘记。隔年的风声
正如此刻
我正放着一只名叫太阳的风筝

## 写给自己的诗

通向喜悦的花园
一再退后
那个默不作声的人
偶尔会从夜里惊醒
窗外摇动的树影
大火和灰烬
很难想象春天该如何
告解宿命
更多烟雾升起
一棵树若是在夜里闭上眼
无家可归的鸟真的就无家可归了
当然还会有另一种结果
静静闪烁的星星
和一只飞翔的小鸟

原载《黄河文学》2018年第7期

## ·刘汀·

# 如果清晨不带来希望

命运在屋顶盘旋
像冬日的蚊子
很少落下来
窄小窗子外面
满世界的残羹剩水
我曾对这一切
抱有过分的宽容
如今只留下遥远的痛苦
塞满内心，我想知道
如果清晨不带来希望
该以怎样的姿势
去拥抱黄昏
那些永在黑夜中的人们哪
挣扎着起身
倒最后一杯水吧

可以服下药丸，也可以
缓缓浇在自己头上

## 侧 面

我看见自己的侧面，像山一样
崎岖，暗夜里有肮脏
龌龊的想法从躯体里溢出
爬行如甲虫，丝毫没有
回头看看空壳的欲望
它们一个挨着一个的笑脸，排成了
闪烁着黄褐色牙齿的向日葵

我担心自己不会醒来，在每一个
侧面的意义上。我担心醒来后灵魂撑不住
轻飘易碎的躯壳，疼痛已不算什么
即使能按原路爬回去，甲虫们也不敢保证
那些痕迹会彻底消失
侧面已经磨平，写满大大小小的字
像散落的葵花籽皮

作为一个侧面或许多侧面，我
只能被描述，用空空的嘴巴
用独处时的喃喃自语，玻璃杯灌满
黄色的液体，像浸泡了

时间和情人的药酒。请一饮
而尽。侧面救
我于危困，于桃杏开花的春日

原载《扬子江诗刊》2018 年第 4 期

## · 刘义 ·

### 另一种标准

一双眼睛在看，在穿过，回返自身
你一直在树下，靠着栏杆
游离人群之外，远望我们

有三种声音在牵引我
一种追逐世俗的狂热
另一种是情感的感召
因为她此刻成为热闹的圆心

你看见我时，我正被自己看见——
但是还有你们
以另一种标准确保自身
将巨大的喧嚣排出意识，凝聚成
纯正的寂静

又像听到干净的汉语
对，就是这第三种声音
来矫正我，避开身体两侧的干扰
而你们正是弹奏林中旋律的诗人

原载《诗刊》2018 年第 3 期下半月刊

## ·刘月朗·

### 朝圣

沐浴。焚香。换上最洁净的白棉布裙
赤脚走向森林深处

沿途的荆棘没能在我身上开出血色鲜花
野兽、暴风雨纷纷回避

庙宇破旧不堪，雕像面目全非
——神，依然在

我献上一颗心
——给自己的朝圣

那些没能说出的话成了最真的祷告
如今，我安详地站在这里，皆是拜它所赐

鹿鸣。鸟啼。鱼的安静
每一种语言都会被听到，包括沉默

原载《脊梁》2018 年第 5 期

· 龙少 ·

## 沉默，没有范本

在雨中，鸢尾和蔷薇也是美好的
分不清它们谁更接近夏天的味道
当雨水从最高的叶子落下
阳台上，忘忧草的花苞就又圆了一圈
这些相同的光阴，被注入，被命名
被陌生人相遇。假如时间已经静止
低飞的鸟雀将目光移向餐桌
我会以怎样的晚宴，给生活回以微笑
老桐树还在落花，我听见花朵凋落的声响
像夜晚漏掉的悲伤，而沉默始终没有范本

## 蓝

一直对蓝色，存有敬畏之心

很多年，都不敢吃外婆生前种下的石榴
我害怕果实也有着恬静的蓝
即使在梦里都可以看见
她侍弄花草，低头给家人做衣服的情景
这个大户人家最小的闺女，终身穿蓝布衣
浅蓝或深蓝。戴白色头巾
永远干净，像我看见过最澄明的水
当我再次从梦里，试探着把更多的花搬到阴凉处
外婆并没有跟在我身后，她沉睡在那个冬天的夜晚
被一场大雪覆盖

原载《星星·诗歌原创》2018 年第 7 期

· 龙晓初 ·

## 被时光遗落的画面

霜降那天，院里的菊花正好开放
一片阳光从瓦缝落下来
点燃飞翔的昆虫和匆匆的尘土

花苞抱着枝丫，开花时只想开花
简单，纯粹，不说什么话
人们不关心他们打开多少朵，落下多少朵

秋天的光阴有时是荒凉的
老房子越来越冷，他们会记起儿时的家
墙上贴着奖状，无忧无虑哼着童谣的孩子

父亲那被日子砸弯的腰，牵着我的手
脚印踩下三行，或者两行
走过染着风霜的石板路

被时光遗落磨旧的画面，斜倚在夕阳里

原载《参花》2018年第8期

## ·陆辉艳·

# 收割之后

我见过的最好的稻子，有库布齐沙漠的波浪
在风中发出细碎声响
我们埋头收割，有时
一个人割到了稻田深处

因为不同于往常的丰实，而感到一丝虚空、紧张
波浪中手握镰刀的人影
有陆家兄弟，也有唐家女人

直到日落，沙漠的皮肤被掀开
露出田野的真相
天幕渐渐黑下来，一股收割后的薄雾
聚集在弧形的水坝上空：
弯曲的，巨大的镰刀形状
它一直在这儿，它收走的童年，以另一种方式
还给我。还给你。还给每一个清晨的归来者

## 时间草本

何首乌、瓜篓、五倍子、卷耳
车前、鱼腥草、枇杷叶、鹅不食草
打破碗碗花、荆芥、土三七、矮茶婆
草决明、小蓟、两面针、鬼针草
栀子、马鞭草、金银花、白芷、黄袍
路边荆、蒲公英、麦冬、苍耳子
一点红、铁蒿、灯笼草、夏枯草、马兰
野薄荷、乌袍、鸭舌草、紫云英、红蓼……
这些父亲熟稔于心的中草药，这些从一个人的生到死
都在照看人间的中草药

这些散落在大不界山、假日洲、江东、欧家地
九公车、蓬蓬苍、大车头的中草药
试图以自身之苦，驱赶人间的苦
其中，有一棵接骨木，至今已长成我的肋骨
每当我奔跑，便听见一把利斧
霍地朝我掷来
它带起的风，胜过我写下的所有言辞的锋利

原载《星星·诗歌原创》2018 年第 4 期

## ·路攸宁·

### 破 碎

四十多岁，她已拥有了许多令人心碎的旧时光
远嫁、男人出轨、离婚、独自养育孩子
那些喧闹的风尘，尾随了她多年
至今仍毫无秩序地翻飞
像一朵朵流离失所的云絮
大多数时候，她深陷于生活的窘境
无从抽离
偶尔，她向身旁的人复述那些纷乱的细节
渐次触及，如同扎下一枚又一枚松针
暮光合围，沿着疼痛的路径
她回到空荡的屋子里，耗尽泛白的日光

镜子里生出了柔软的皱纹
褐色的斑痕如秋日细小的枯叶
覆盖在她的脸上。她暗下去的目光里

积满了混浊的岁月
尽管腰肢不再纤细，但她仍旧将自己
塞进了一条新买的裙子里
仿佛这世间万物的凋零，都还留有余地
仿佛那些纷沓而至的破碎光阴
不过是江水远逝，也不过是三言两语
现如今，她经历着缓慢衰老的过程，而死亡
似乎遥遥无期

## 我生来拥有河流的性格与命运

妈妈，我们都必须承认，这世上不会有一条河流
千里万里，再重返源头。你的女儿，和被授予草木肌肤的你
不同
我生来拥有河流的性格与命运
这一生都在流淌，都在向未知的地方迁徙
妈妈，这世上，只有风漂泊无定
而我，终会跌落成一朵浪花，向平静靠拢
我们有着许多相似之处，但这与基因遗传无关
不会有人向我们交代因果，我们便虔诚地
选择了女性惊喜而冒险的一生
譬如忍受痛经、生儿育女，甚至担心妇科病
我也会交出果实，像一棵树，像年轻时的你
但是妈妈，我无法像你一样纯粹
我会爱上不同的人，爱他们藏有春风的眉眼和嘴唇

如你一样，我不会在落雪的日子里清算得失
载满风霜向衰老和熟悉的一切抵达已是圆满
尽管那时我不再拥有美貌和锋芒
妈妈，这一生，我必然与你承受相同的疼痛
承受身体里全部的潮水涨落

原载《星星·诗歌原创》2018 年第 9 期

· 罗燕廷 ·

## 松 针

木质的内心，却有着金属的外表
一种树叶长得像针，当然不是无缘无故
像一个圆头圆脑的沉默寡言的人
在生活中极力让自己保持警惕与尖锐

那么多的针竖起来，缝补着那张破旧的天空
现在我所担心的是，人间究竟有没有那么多的线
即使把阳光抽丝剥茧，漫长的冬季还是夜长梦多

整个冬天它都在忍着：不生锈、不掉下来
即使掉下来，也不会轻易交出它的锋芒
除非烧掉。即使烧掉，它的火焰也保持针尖的姿势

人世间，也是一匹破旧的布

手上有针的人多半不用
更多的人，手上根本没针

我现在所努力的，就是在夜里
把一些词语磨得细一些，更细一些
直至它们变成针

原载《星星·诗歌原创》2018年第4期

·吕建军·

## 山堡子

此刻，炉火正旺
冬天正在屋外叫嚣
赶集的人内心温暖如春
山堡子凝固于霜雪冰冷的覆盖
兀自在体内跺脚

几个瞭望口像风蚀的骷髅
堆砌在时光的枯草中
凌乱的鸟羽，预示着一场凶恶的打斗
寒冷吞噬着村院
几棵楸树则占据有利的地形
向过往的路人卖弄过时的缠绵

马头山以西
——风更加叛逆

草木都卑恭地朝觐着自己的寺院
只有山巅的积雪显得与众不同
它露出的锋芒
似乎能拯救众生

原载《奔流》2018 年第 10 期

## 秋后

冰草翘起骨头，冒出炊烟
大浏洼豁岘
风浪卷起枯瘦的干柴
为下一场风暴预热

裹着蓝色头巾的黑脸女人
她无法用结痂的手指抠出眼里的
悲凉
月光是秋后的残灰
一切都无法改变
这旷梁上的风势，这命运轮回
这坟头上渐渐剥离的土

秋越来越远
“即使万物腾下舞台”
时间依然赤裸裸地在旷梁上驰骋

原载《小兴安岭文学》2018 年第 2 期

## ·马迟迟·

### 瓶中人

他们相爱，在一棵槐花树下
他们的房子，临近江心的矮洲。每夜
他们被寂静的灯光充满，他们穿过
卧室、厨房、客厅。以及隔着清晨的灰雾
他带她穿过，隔在他们之间的那座玻璃栈桥
遥远的回声，她的整个身子被风灌满
他的影子被什么覆盖，她听到一些声音
他在午夜起身洗手、刷牙。而他们窗户的对面
是一座巨大的雕像，像古埃及人崇拜的神祇
秋夜的江心洲，轮船从月亮上面下来
他伸手拥抱她，他的整只手填满了窗口
他们接吻，快乐而痛苦。这样直到后面他不再回来
她买回一只瓶，搁在他们窗下的檀木茶几上
瓷瓶上描绘着云纹、假山和一位仕女
朗月再次出现时，她伏在子夜的窗口唱他的歌

而瓶中有人发出了微弱的和声
永恒的黑暗在她身后的房间里无尽回旋

原载《诗歌月刊》2018年第2期

## ·马嘶·

### 何须有形

无根山顶，弯月高悬
我枯坐河面，和它们身处同一个容器
这转瞬即逝的永恒
此刻纳我
因我呈现
我还要捞起暮色中的云彩干什么
还要攀上水中的柳枝干什么

### 峨 眉

登山及顶，他还远远落在身后
推着巨石上山
这样的事我在年少也干过，和父亲
还推过夕阳和潮水

上山。更多时候，我们一前一后
被烈日切割，几乎不说话
有几次我摔下了山谷
但赶在天亮前又爬了起来
多年后，当读到西西弗斯的故事
我便彻底放弃了
今日遇见他，我才知道
一些人还继续做着同样的工作
而我自己
也并没有走出天空这座牢狱

原载微信公众号“成都三径书院”2018 年 11 月

## ·马占祥·

### 空白的声音

嘿！你还好吗？你看我所处的境遇：槐树伸出枝丫挽留雪花
云朵正轻，和雪花一样都是白色的
这个冬天的薄情之处在于风不再温热
昨天，我留给你的口信还没失效
我是让雪花带给你的六角形的致意——它曾给我歧途

现在，我回到山的舒缓处，那里的花朵都是去年的
像信笺上的字句——意义在于空着那部分，只适合默读
有人骑着马匹，峨冠博带，手持香草从古代而来
为你唱的歌谣没有韵母的长音阶，都是单音节的抒怀
过渡处的忧伤，以诗歌的节奏呈现，辽阔，且静谧

## 尽余欢

我荒废的夜晚漫长。山河抽象：风吹不动矗着的槐树
槐树不值得书写——槐树总是在凋落最后一片叶子后
才露出骨头，等春风再来
我还保留昨天的余温，给你的留言上小楷写出花朵的抒情
用坏人的语气：说往事，说掌故，说我还爱着你
像个孩子，一个字一个字地说
有时忘了断句，忘了像写诗一样，省略出处，余下留白

原载《诗刊》2018 年第 11 期下半月

## ·麦豆·

### 擦星星的人

晚上十一点，昏暗的灯光下
有人在翻书，有人在深拥
有一个人蹲在河边

他的身旁堆满了
从天上掉到地上的星星
肮脏衰老的星星

晚上十一点，他蹲在河边
用布蘸着河水小心地擦拭着每颗落地的星星
他把擦干净的星星扔进水里
让它们重新回到天上

我默默地、远远地望着神秘的擦星人
就像望着孤独、美和光明的使者

这个人是谁？从哪里来？
擦星星是一门古老失传的手艺吗？

渐渐地，他仿佛发现我在看他
就化作一阵黑暗融进了深夜

擦星人真实存在还是我的幻觉？
抬头仰望，天上的星星仿佛从未曾来过人间

## 博物馆

一个巨大的博物馆
在玻璃窗外面。我们望着它发呆

太阳透过雾霾撒下的光线
古老，陈旧，怀有爱意，灰色
刚刚起到一盏电灯的作用

一颗巨大的玻璃心里
我们正聚在一起聊天
谈论生活在唐或宋代的人和事

视线所及是光秃的垂柳、冰冻的池塘
烟雾中，穿行送快递的陌生人

不停将远方的事物送来，要我们签收
整个上午，我们陷坐在沙发里
不停地在历史与现实间徘徊，口干舌燥

玻璃窗里，时间也许早已流逝
仿佛后人正在窗外排着队要看看我们

和对待所有悲剧里的人物一样
他们双手合十，对相似的命运同样束手无策

原载《扬子江诗刊》2018 年第 1 期

· 芒原 ·

## 忧心词

坐在桌前
双手放在键盘上，不知道
要写些什么

突然，想到回家，想到年迈的二老
想到母亲的高血压、带状疱疹、骨质增生
想到父亲的脑梗死、脑萎缩、前列腺炎、白内障

想到正月不完年不完，想到立春之后
是雨水。想到元宵过后忙种田，想到惊蛰、春分……
想到他们忙碌的身影，想到他们的一辈子

想到他们正在回到我的身体，樱桃、苹果、桃子
想到柴米油盐，想到喂养着的鸡
想到菜地里的小葱、蒜苗

想到每次都说要回去，每次都停顿在说辞里
想到逢年过节都回去看看，却总是淹没在工作上
想到多陪他们一天，日子就少了一天
想到他们吃药没有，是否安好
想到血塞通、天麻素片、人参再造丸、三七粉、阿昔洛韦
想到各安天命、人世苍茫
想到不诚、不孝、不忠、不义
想到孤独，想到……

想到我不愿说出口的，想到我不愿想的
想到又一年春天
想到又一次春暖花开

## 落 日

旧式的铁匠铺。一块烧红的铁，欲裂
锻打的暮晚。秋风吹起一池褶皱。星辰正冒着水汽

此时，远方汲水的人，弯腰提起家国

原载微信公众号“洒渔河”2018 年 6 月

## · 米吉相 ·

### 白纸述事

黄土之上，所有残枝败落，九月深入
这个季节的肺部，一片荒芜
旷野之处，秋风送来三个女人的音讯
一个深埋黄土，蔓草高过人身
一个是她母亲命运的延续，“上辈子作孽太多
赎罪可以返回天堂”她说，她不信教
最小的一个天生叛逆，身体还未完全发育
已为人妻、为人母。一切可怜的相似
都被述于一张白纸之上。被咀嚼的时间与空间
定时的在她们的额头留下吻痕。而消逝
错开一切非偶然的预设，如期而至
所述的结局，也只剩下白纸边缘狭小的虚无

原载《滇池》2018年第9期

## · 米绿意 ·

### 爱 慕

我不会怀疑：那永恒的身体

我不常用它写作，却常用它思考
用它流泪，祭拜。有那么几次
也用它来爱

但我的疑虑最终令我羞耻
只有在万鸟归林、万物隐于黑暗
凝视无穷尽的夜空——它开始像

我的身体时，我才感觉
仿佛不是光的生长，不是鸟群带出的
清风，它们尖尖的会缝补的鸟喙

愈合一次次开裂的伤口

仿佛天黑得越深，越广阔和浩瀚
才能更完全地重纳明亮和宁静

我才获得一直想要的始于身体
对这个宇宙、星球、国家
对生活的这条本来的河流现在的道路

发自内心旷日持久的爱慕

原载微信公众号“绿饭桌”2018年6月

## · 米心 ·

### 南方姑娘

她像季风，把花朵扩散在另一寸土地上
守护着那些亘古又辽远的事情

素净的脸流淌着梅雨。她经常
一个人看着书页，被牢固的墨水洗礼
喝着泡出模样的花茶，一朵接着一朵
在茶水里漂浮

远处的风，就算停泊也不会有声息
宁静，是她棉纱裙上的一道针线
有时候她会去山里，看见一些草被蝴蝶误了
一大段的时光

那时候，日子就像熬煮的中草药
她嚼着口香糖，看那些放牧的牛羊

把倾斜的山坡一点点踩平

细腻的花瓣上
总有宽旷的光落下来

原载《诗歌月刊》2018年第9期

## 一个女人的乡村

一个女人的乡村，大抵是长发流淌在田野里
夜色支起宁静的月光。如果有风，果实会发出响亮的足音
水田如一面镜子，会照出昆虫的腹语

除了售卖月色。一个女人的乡村从头到尾都是熟睡的
那种安静，找不出来可以响亮的夜晚
稻草会是她的嫁妆，黎明前
整个乡村都在等待婚事
野草咕噜咕噜地响。拉近那远去的风
乡村的夜晚，被一个女人所安抚

不知道漫长的乡村如何收起帷幕
那只一声不响的麻雀，顿时飞入她的季节

原载《阳江日报》2018年6月8日

# · 陌上吹笛 ·

## 下雪天，想写一首更好的诗

雪下了一夜
黑色枝条因积雪再次闪耀
那么久了
我不再听到雀鸟的欢唱，而此刻
却想写一首更好的诗
铲雪车把雪运往更远的地方，我写道
“在那里，除了生活，已经
空无一物……”
我抬起头，看到树上的果实
花朵的种子
被坚硬的壳包裹着，我知道
此刻，再没有一滴水
能胜过我的眼睛，没有
一簇新火，能胜过我这双手
捧出的火——

我不再犹豫

温暖的东西一下子到来了

原载微信公众号“天府文艺”2018年7月

## · 漠阳 ·

### 我只是在春天不小心把自己弄伤

我把自己弄伤了
是在一个初春的某天

父母亲来看我的时候，眼睛都闪着泪光
雨季也就接着开始

由于我的受伤连累了整个春天
阳台的花儿绽放的时候
已是初夏
却不埋怨

爱人也说了，我受伤不要紧
就怕我安静下来闷得慌
建议我多看看书，这样子挺好

爱人无休止的鼓励
可一直到了我害怕的秋天
伤口还未完全痊愈

我只是在春天不小心把自己弄伤
没想到，会熬到了冬天

原载《红土》诗刊 2018 年 3 月刊

## ·纳兰·

# 母 亲

母亲。一所房子。
我的暂居之地。避难所。一件只穿一次，就再也不合身的衣裳。
一生只有一次，在母腹的河流中，漂浮如一片树叶。一生只有300天，我与此世界隔着一个人的距离。
我诞生的时候，
一颗心被掰开了两半。
她曾像一座寺院一样，而我是她体内的钟声。
背负母亲的时候，我成了蜗牛。
像蜗牛一样背着自己的房子，不离不弃。
倦鸟知还时，
大地是另一个鸟巢。另一件恒久的衣裳。

## 唯有蜜蜂给我带来光的消息

我还没有成为自己的父亲。
我还没有与自己为敌。

我还没有从经书上寻获真理的碎片，
拔出肉中的刺。

井水与河水各怀心事。
猫和老鼠还没有缔结和平条约。

时针还没有彻悟，
分针还在钟表里打转。

圆规还在模仿数字4
练习单人舞。

海鸥、老鹰和蚂蚁也还在镇守着自己的疆域。
兔子的传令官还没有接到老虎的号令。

风博士还没有破译七星瓢虫身上的
密电。

我写一封无人能懂的求救信。
我在梦里接收逝者反馈的天国信息。

原载微信公众号“水带恩光”2018年9月

## · 宁延达 ·

### 银鸥悬在水面

一只银鸥拥有了反引力的绝技 它始终悬在水面
翅膀伸展　空气托着它的身体
鱼的脊背有一块牢牢的吸铁
那道青色的影子无法逃脱

我以为有只无形的手指
敲打着空气的键盘
我习惯阅读海面
银鸥是屏幕上出现的一个绝美的句子

词语时常悬停在那里
灵光环绕着我的头顶
而惯性的生活　如同刹车失灵
它需要一个巨大的缓坡

镜头　静止了什么

年轻　很容易爱上诗句
在天空中　我们有无限种可能的涂抹
所以我们掠食前选择沉默

世界　在那一刻缩进黑色的海螺

## 风　筝

他很享受有一只猎鹰出没于自己的臂膀
可是那天　那只猎鹰再也没有回来

同样是这样一个干净微凉的郊野
他买回另一只鹰　并小心翼翼地伺弄它
他有点不敢放飞太高
生怕这只鹰重蹈覆辙

但是扯着那根线的时候他还是情不由己
于是　这只鹰同样飞走了

一阵秋风卷着树上的残叶
他站到风口处去阻挡风
那片叶子晃来晃去　终于打着旋被吹得无影无踪

这个很亮很蓝的下午　阳光躺在云朵上
放飞了一个人

原载《海燕》2018年第1期

## · 欧宜准 ·

### 柴门

谁扣醒了柴门，打柴人走过
石头咽泪，挑着担子
一双颤动的手紧握着久违的叹息
一双干枯和深邃的眼睛
野草疯长，背被压得变形
犹如沉静的乔木
有时像斑马，有时像骆驼
岁月的风霜洗尽内心的悲凉
担子反弹，东边折射出一道彩霞

### 河床

麦浪掩不住金色的梦
剥开绿色的脊骨
马背上的樱花

盛开在千年不枯的河床

森林里的白发染着露霜
塔灯沉重着凝住反思者的心
大漠、戈壁、草原，牧羊沙暖
冻住了千年不枯的河床

草鞋在墓中呻吟
经过千年不枯的河床
苦难者们举起苦难者的灵魂

原载《湖南文学》2018年第6期

· 胖荣 ·

## 神圣时刻

不是在寺庙
也不是在教堂

梧桐树清凉的阴影
投在，马路中间
一只黄色的小狗
趴在树荫下
像熟睡的婴儿

人群中
有人双手合十
车流起伏的轰鸣
像绕开洁白的积雪

原载《台港文学选刊》2018 年第 1 期

## 广玉兰开了

爸爸，我们什么时候回家?
医院的走廊，弥漫着回音

医生侧过身子，低声对她的父亲说
“时间已经不多”

肿瘤又大了一些
明亮的眼睛被压迫得，暗了下来
一双小手，轻轻抚摸着毛毛熊

爸爸，医院这么黑，我们去北京治吧
爸爸，我还想活着陪弟弟玩

墙壁是白的，床单是白的
窗外，广玉兰开了，枝头上
白色的花朵，向病房里张望

原载《中国诗歌》2017年第6期

· 彭然 ·

## 矮 坟

人问起我的去处，请指南山
若无南山，请指北河
若无北河，请告诉他
脚下便是我之所在
我葬于此地，因此地
芳草略胜它处
我身上的黄土，尽可
拿去滋润它物。我只怕
身上的庄稼不高，而杂草
繁茂得让我的乡亲头疼
我只怕，有人因心疼踩痛我
而绕道它处
尽可在上面奔跑，孩子
当你跑上一个小山坡
你要记得下山的路

我会尽量吩咐后人，
我的一生总结出来的
这堆黄土，不得过于陡峭
免得失了人心

原载《诗歌月刊》2018年第1期

## · 破小坡 ·

### 人水共长天一色

春风落进水里
湖面总是脸色沉静
偶尔，被鱼群的抢滩登陆
弄出响动。没有美人
柳絮显得漫不经心
桃花也不再轻薄逐流水
见到客人，它们只是笑笑
便笑成十里。还未至夕阳下沉
浅滩边的红花草已自成风景
如果你走得更深
就能遇见一位老人
戴着斗笠，穿着蓑衣
在掌舵摇行。指点江山时
仿佛整个水面都听他的
连一草一木也听他的

原载《安徽文学》2018年第7期

## ·蒲永天·

### 中药的气息

一进门，就闻到浓浓的中药味道
这使我难过，满屋子的气息都在反抗
在向我示威，它们在剥夺
从我空空的双手里
使劲搜刮。母亲，进门的那一刹那
我交出泪水，我向那些晾晒的药渣
举手投降
三十几岁了，我第一次感到中药的味道
所具有的悲伤气息。我想不起
你何时与它们打上了交道，你所抓的第一剂中药
我竟然不知，这使我难过
母亲，现在满屋子浓烈的中药气息
在进攻我，在把你所吃下的苦
变相加在我身上
春天了，中药的气息
向我突然伸出霸道的双手

# 隐秘的事物

房顶上的落叶，被清扫之后
冬天便干干净净

迎面而来的那个人，裹紧衣服
忍不住地干咳，寒冷在向他索取

伫立在大地上的玉米秆
还能交出什么，一阵寒风在搜刮
易碎的语言

一些可怜的小兽，销声匿迹
在某一个黑暗的角落，呼吸沾满尘土

心跳紧贴大地
和一些隐秘的事物共振

原载《飞天》2018 年第 8 期

## ·祁十木·

# 礼 物

在青海南部，黄河异常温顺的
地方。我们开车，钻入死胡同
问路时，九月变得鬼魅
我们这些不幸的人变得固执

父亲和我一起下车，凝视
这里倒像是海岸，缀满了胆怯和移植的
词。还得往前走走，对于民族的秘史
我们充满好奇。这恍惚的秋日

一棵棵白杨树停在路中间
姿势是镜子。扭曲的身体背后
传来毕业歌，我猜测声音始于
年轻人。躲藏起来

那就不找了，反正我们听不懂
大多数人讲话。跨越了几千年
我想找到年轻的朋友，催出身体的
第一滴雨，化成泉水

从房檐上缓缓流出。那人牵着我
悄悄走进墓园。父亲说，看看去
他们知道我们是
远方的客人。二十二年又过去

我在这世上，终究没成为可爱的
亲人。我是一阵悲风，人们在河流
源头寻不到。那些无奈的痛苦
一股脑都泻在我身上……

## 他

妈妈。出门前，我告诉过你
要换水，那样他就不会轻易死去
现在他死了，死了，我还走在这路上
有什么用？尽管我知道死必然是死的
你不要让我习惯陌生的事，习惯
在阳光充足的地方，看他的骨头架子
我不会习惯，真的，我刻意
不习惯，哪怕你认为这是不孝

原谅我。你说的甜蜜又悲伤的水源
已消失，他们伟大的日记要压垮我
我只能继承遗愿。游啊
游。不会过分责备他们，我不会问
他为什么悄然死去。在昨夜
我又一次看到你，梦境真是只大怪物——
她反复擦拭念珠上的尘土，像刀片似的
切开我。那是孤独的
孤独的一条船，我们不需要尝试任何咒语
沉默地骑上它，面对白天和黑夜
说再见。妈妈，我想起许多人
他们漂浮在水中。冷却我
无数颗星星般的眼睛观察我。趴着
我爬得太慢，一些奇怪的昆虫从耳中钻出
瞳孔被免除刑罚，不断聚焦，藏着
那个有故事的孩子。他吃橘子

原载《人民文学》2018年第5期

## ·乔亦涓·

### 声 音

有时候
我听见我用母亲的声音哭泣——
用祖母的声音、
外婆的声音。
用她们的母亲的声音。

我的喉咙里像有
一架老式唱机，
当唱针刺痛喉管，舌头
会鹦鹉般重复
一些古老的叹息。

但我只用自己的声音笑。
快乐——
像刚孵出的小鸟。

婴儿的第一声啼喊。
花朵正在吐苞。

我哭的时候很苍老，
比母亲，
比母亲的母亲
更苍老。我笑的时候，
很年轻。

原载微信公众号“分行器”2018年5月

· 泉子 ·

## 离 别

在靠近目的地的地方，雨突然间猛烈起来
仿佛是一种默契
或者说，同一意志的两个秘密执行者
所构成的一个美妙夹角
马蹄声从云层背后传递过来
棕色的马匹一群群地经过，然后
加入到由前面的雨滴汇拢而成的寂静中
天空徐徐卸下
时而白，时而黑
最终是蓝色的幕布
它们曾如此深切地体味到离别
但没有一丝的绝望
因为它们终于理解了
消逝只是事物从一种状态向另一种状态的
轻轻一跃

原载微信公众号“中国诗歌学会”2018年7月

## 唯有幽暗之寂静取之不尽

每天，我会来到这片人迹罕至的树林，
和静静的树木站在一起；
每天，我都和这些树一起倾听、
辨认那共同的根；
每天，我们从大地之深处汲取着力量，
而唯有
这幽暗之寂静取之不尽。

原载微信公众号“野草”2018年3月

## ·沈奕君·

### 铁　匠

与火焰一起成长的
还有时光。激情
抱负，和梦想
在小镇尽头，铺子与铺子之间
有意拉开距离
像中年男人，委屈和仇恨早已融化
生活，保持另一种状态
锄头、菜刀、犁铧
烙印像证据一样记下时光
常常在黑夜行走
收集铁与铁碰撞的火花
虽说没有烟花明亮和高扬
却更像自己的一生

原载《诗潮》2018年第9期

## ·沈鱼·

### 灯 火

必须是真的火焰。冷静，灼热，飘忽
必须是
面对面，小心呵护

我也曾长久地在旷野上行走
道路像一条苍白的裹尸布
村庄总在尽头
梦醒时有人低声抽泣
我还记得死者脚边的灯，她刚刚死去
我也刚刚
十四岁

桃花是春天的灯，莲花是盛夏的灯
而我取枯蓬做灯雨滴为火，是否过于冷清
那就用深秋的落叶点灯，用热血，用露水，用眼泪

## 点灯

万家灯火，总有一盏孤灯
火焰的内心也是幽暗的吗
煤油灯照亮贫穷的童年
为什么想起少年总是心慌？因为白炽灯突然明灭
钨丝有时也会喊疼
我也感觉身无所寄

原载微信公众号“极地文化工作室”2018年1月

## ·石杰林·

### 全部

死亡
撒下的一把麻雀
嵌进果园的最潮湿处
一座墓碑长出来
你成为偶尔老去的人
给漏水的花盆
接入整条河

### 纪念

1961 年并没有什么不同
海明威的离开
仅仅是一个名字
被另一个名字覆盖

而今天翻开《丧钟为谁而鸣》
只为安慰玛丽亚
我们有着同样的遭遇
我们躺下
红色的脓包
正爬上高耸的头

原载《黄河文学》2018年第6期

· 黍不语 ·

## 明 月

从单薄的窗子，明月
又探进来
我知道她又将取走我
一个梦
而将整个星空的辽阔与安宁留给我
我接过她的恩赐像约翰接过圣母玛利亚
我让她进入我的身体，直至变成我的身体
我在十月来到这个世界上
已经被最好的人爱过
现在我等候降落和唯一
我是我的明月
在光明之后，永远消失的明月
我希望永不被人提起
即使有，我希望是：她一生独行，冷僻
带着天生完美的距离

# 说 死

十年前，她丈夫去世时
她每日每夜号哭
有人时她号给别人听
没人时她哭给自己听。一声一声
细数磨难和委屈
后来有同龄人去世
她也仔细哭一阵，怜悯一阵
最近两年，村里仅剩的
几个同龄姐妹，相继往西
她开始不再哭，连一点
该有的人情
都看不出。只用平常的语调，告诉我们
在儿死了
娇儿死了
就埋在那里。喏。就那里
她用的是她们的乳名
她告诉我们她们死了就像告诉我们她们回家吃饭了
一样
她是我乡下的奶奶。有点
长寿的奶奶
她跟我说起时已经不像这个世上的人

原载微信公众号“诗同仁”2018年11月

## ·霜白·

### 我记得，我忘了

我记得和一个人深深爱过，
但我忘了那些味道是怎样的。

我记得刀子划开了伤口，
但我忘了疼痛是怎样的。

我记得说过的一些话，一些做过的事，
我记得一些片段。

我为什么要记得它们?
而大部分时日都成为沙子——

散在记忆的皱褶里。
仿佛经过的丘陵地，总是在
越远越高的地方，

看上去越开阔平坦。
当我一次次返回，
像一棵树的年轮聚拢着
拥抱树根，
总能找到那些明亮的路牌和标记。

## 那么多的花生

那么多的花生，连在一把蔓上
那么多的花生被刨出来
晒干装进篮子里
那么多的花生挤在一起
随手抓一把
那么多的花生一起滚动
彼此碰撞、摩擦
哗啦啦，像在低语、在拥抱
那么多的花生
在各自的壳里跳动
当然也有很多
两粒，或三粒，甚至更多粒
排列在同一个壳里
彼此挨得很近
但这并没有什么区别
那么多的花生，那么多的花生豆

都是有着各自轨道的
小小星球
画着一个个不能相遇的
看不见的圆圈

原载微信公众号“挽留”2018年8月

· 苏龙 ·

## 脚手架上的女人

“拉……再拉……起……再左一点……好了……”
她站在脚手架上向一位男工友大声喊话

“只要爬上脚手架，我常常会把这里当作我家
工友、砖头、水泥、钢筋、铁锨，仿佛
就是我的男人、儿子、牛羊、蔬菜、农具
而在夜里，当我孤零零地一个人躺在工棚
那无边的黑像一群虫子，咬得我不能入睡”

当她说这些的时候，我感觉一群虫子
正在我身上悄无声息地咬着

这个叫孔改香的女人来自四川，今年四十七
已经三年零九个月没回过一次家

## 看不见的雪

哭声四起，瓷盆落地
细碎的烟灰，蝴蝶般落下又飘起

一个人的一生被一双手轻轻捧起
一个人的一生没有一张纸的厚度和距离

十二月。雪迟迟不肯下来，而它创造的世界
此刻，已站在窗外——

那个表情暗淡、神容憔悴的女人
身上被一层厚厚的雪花覆盖

这些谁都没有看见
包括那个小男孩

他手捧灵牌低着头走在人群最前面

原载《诗探索》2018 年第 2 辑

## ·苏末·

### 待完成的雨

雨下来下去，无非实在和虚无两种
它潜进暴涨的河水
也使我们脚下一片泥泞
忧心忡忡的蚁民
永远向高处搬动自己小小的寰球
顶风冒雨的人举着伞，除了遮蔽自己
也努力倾向身边更重要的人
孩童踏着水洼，他们不知道有一些
是由离人的泪水蓄积而成
更多的雨，淹没了那个独自走进荒野的背影……
雨从命运深处汹涌而来
而我，正在迎接落向我的那一滴

原载微信公众号“新诗尚”2018年10月

· 苏勇 ·

## 那一处的甜荞花

她开得最艳，最闪耀，像姐姐
像穿百褶裙的夕阳，也像坡上绽放的杜鹃

当她长在别嘎水井，别嘎水井的土地就有了魔性
让她妖娆，像燃烧的火把、五谷酿成的酒

当她长在罗卓嘎院子，罗卓嘎院子就有了人性
让她亲切、温暖。像我的族人，朴实、纯真

我想，她应该多一点时间
多一点时间，陪着我长在斗姆垭口的爷爷和奶奶

## 致南高原

我想，世间的文字不足以支撑父子联名

到我这一代，还未能丈量你的广袤

我想，世间的尘埃和泥沙不足以垒起
到埋没我的泥土，还未能丈量你的高度

我想，我的祖先是一条流淌在你脊柱上的河流
沿着你迁徙，铿锵、坚硬，从不失去方向

我看见你无数次被茫茫黑夜咀嚼、吞噬，却能点燃火塘
我也看见你无数次在银河的照耀下现出真身，细腻地唤醒鸡鸣

你让荞麦、土豆，结出果子，酿成咂酒
你让牛羊肥壮，让马匹奔跑，让迷途的羔羊回头找见生活

虎迹从未在你的河流和森林藏匿，它在养精蓄锐
鹰痕从未在你的山峦和悬崖隐遁，它准备厚积薄发

原载《星星·诗歌原创》2018年第4期

## ·谈雅丽·

### 城市漫游

我不爱地铁口涌出来，面无表情的脸
我只爱你发怒的小脾气里，混合着柔情
我不爱街上张贴消费的广告，形形色色的橱窗
我只爱一室一厅的旧房子、花床单
我等你，做好了粗茶淡饭

我不爱博物馆展出的美术、音乐
时光用旧的艺术和展览
我只爱最小的桌子，对面的你
我读到那行诗歌，像一行白鹭飞过可爱的水田

我不爱抽象主义、象征主义混乱的灵魂
我只爱最轻的拥抱，漫不经心的吻
风吹到北方，但只把你前额的头发
微微吹乱

我不爱在这座城市漫游
从公主坟到四惠东
从国贸大厦到七九八
从长安之西到双井之东，
我觉得耗掉一生，都不及与你相逢的某天

我不爱拥堵的公交、地铁、飞机、火车
我只爱敲开生活的果壳
看到最小的柔软，早已长进你身体的内核

## 山水无言，唯以白云作答

一座让人容易迷路的大城
导航往往指示我
向东向西向南偏北的触须

听从它的秩序和招引
如同在拐角忽然失联
让我沉陷于茫茫人流

如今我身份已变，不再是安居一隅的书生
不再诵诗研墨，让一幅近郊的山水
泼向画纸

所到之处都有礼让的欢笑
不再有往日辣椒炒肉的深情
糖葫芦串、高架桥、地铁里飞驶的广告
而潇湘该是满街栀子花
枇杷雨，桃杏酸甜，河外是灯影桨声

如今火车所去之地都想象成了故乡
——婴孩想念母乳
我想念远方的至亲……

原载《星星·诗歌原创》2018 年第 1 期

· 陶群 ·

## 低处的灯盏

一轮崭新的明月挂在苏埠破旧的
老街的檐角
宁静、幽深
巷的深处依旧静卧一盏明灯
让这条无人行走的老街清冷的夜，温暖

低处的灯盏啊，在月下
孤怨、坚韧
素雅、安静
低处的灯盏啊，是岁月
遗留给寂寞人间最持久的眼睛
低处的灯盏啊，让苏埠破旧的老街
依旧人烟

夜深处

老街一半月光，一半斑驳
静谧的灯盏
紧临湃河，年复一年

原载《延河》2018 年第 1 期

## 未来：句号和终点

已到达
句号和终点
在日落之前，在生命最后一点的光晕里
云海之上，山峰形成岛屿
云海之下，人生走过波涛

此刻，所有的一切都具备无比的价值
所有的存在都毫无意义
包括那些曾经的苦难、哀愁、成功和荣誉
包括所有的陈谷、藏币、抑郁的情感
还有生了虫的白菜、苍白的日子和泛了黄的流年

像天空一样大的蓝和绿啊
有一粒盐，淡淡的咸
此刻，天色一暗再暗
风中的声音，轻轻地按住生活压下来的沉
一首诗

披着绿色的衣裳
向不知名的凹地
退去
平静、坦然、无憾……

原载《诗歌月刊》2018 年第 4 期

## ·田凌云·

### 允 许

我允许你靠近那些用骨头行走的人
允许你向月亮退回自己
出自星空的尊严
允许你做一个被万物喜爱的小丑
允许你一次性吃完一生的粮食
我更允许你有大海的自由
在心里藏下众多河流带来的秘密
允许你，在绝望中
像我一样，爱上尘世渐渐缩小的背影

### 而一切围绕我的

而一切围绕我的，比如数字
我无法读懂的自作多情者。比如男人
我躲避不了的自然灾害。比如亲情

我绝处逢生的枯草，再比如——

那些可以触摸到的事物，比如宇宙
我经年的家乡。比如虚无，我夜夜宠幸的
爱人，比如深夜，我热忱多年的美酒
和——

钉在十字架上的人，我的分身
背部长出的蝴蝶，我的缥缈
年少放飞的蜜蜂，肿起的悔恨
和那些伸手抓空的事物——

原载《星星·诗歌原创》2018 年第 9 期

## · 童作焉 ·

### 少年游

烛火逆光生长，燃烧的一群鱼游到天上。
落日沿着我的鼻梁拾级而上，额头上的弦月，
凉了书卷里的山水。四月的风马牛在争吵，
黄昏打战，仲春的故事抖落怀中。

夜色下沉。崭新的年代里我们衣着光鲜。
你在黑暗中读信，读“幽人贞吉”。
前面二十一年，你不断醒来，又老去。
身体里的风暴，跟随着时光一起枯萎。

怀疑镜子里变幻的脸色，怀疑火车能够达到的地方。
怀疑我们赖以为生的信仰，抵不过消瘦的橡皮。
是否在某刻，我们都曾穿越到回忆背面？
因此葬身之处须在悬棺，越过想象的顶点。

春日将远，我终无法抵达。从这里到明天，
还隔了流水、船票、挤不过去的山石草木。
往后的生活省略号翻滚，小的词语迸裂开来。
黑夜里失明的人，或在梦里打开电筒。

原载《诗歌月刊》2018 年第 3 期

· 王单单 ·

## 夜访胭脂沟

许多蚱蜢，蹬断复翅下的荒草
蛾子飞起来，又被雾雨
按进泥土中。这生的艰难
暴露在车灯前，它们如此惊慌
就像我脚下的枯骨
突然感受到，一个活人的
重量。在胭脂沟
风吹着周围的海拉尔松
像一种刑具
不停地抽打着
夜晚的虚空

原载微信公众号“诗藏阁”2018年5月

· 王冬 ·

## 湖 底

那被踩碎的三叶草的瘀青，与风油精的热烈
在黑池坝的尽头缓缓消散
我是远方来的陌生人
手上密布的水泡也无法给它安慰

阴影里，我们离得好近
赤脚在光线缝隙处，没有悲伤
只是些许疲惫
我举手高过头顶，对岸的树就像鲜花
将我与天空连接
我感觉自己就是剪刀，柳条在我身后纷纷坠落

在湖心亭的白塔下，赤裸着松垮的肉体
白得刺眼，我们逃到绿荫底下去
金色的小鱼洞察一切，我们在湖底游走

原载《零度诗刊》2018 年第 29 期

· 王江平 ·

## 闷居

哪儿也没去，小小的屋里，空气围拢我坐着
冷光照进来时，我摸到自己的双手

像衰老的丝瓜，吊在空中。青筋
一条条凸起，摩挲着四壁的微风

我尝试抬起它们，但不行。之后
便看了一会儿书，似乎也没看

再往后，外面下起小雨
淅淅沥沥，从云中降下这座小城

我多少次默数着城中，那些被打湿的
地名，像树叶，一片片飘落地面

往日我因成功地把它们关在屋外
而暗自庆幸。现在——雨和雨声

再次降落的时刻，我推开窗子，并确认它们
是否在某个时候，真的触及过我的内心

原载《扬子江诗刊》2018年第5期

## ·王志国·

### 童年的教育

感谢荒草
替我掩去了童年的清苦
感谢穷困，陪我成长
感谢纷飞的大雪
赋予一条小路，蜿蜒向前的意义

走在童年的背水路上
七岁的我，叽叽喳喳
像一只小麻雀，飞落在雪地
小小的脚印，把通往山泉的路
走得深一脚浅一脚

那时，母亲是引路人
我们四兄妹是她分出的岔路
我们像一只只悬空的木桶

尚不知生活之重

那时，梦想是一眼遥远的山泉
因为遥远，我们在路上丢失了清冽
因为梦想过于清冽，以至于现实
给予了我们浑浊的教育

## 扫雪的人

她把自己的腰身放得很低
挥出去的扫帚，不像是清扫
倒像是在轻轻安慰
大地上这些无家可归的孩子

白茫茫的道路上
扫雪的人，红色的羽绒服
像一团火在燃烧
她迟缓的动作，是跳动的火焰
一炷香的时间，她就把一条在白雪里走丢的道路
缓缓地领回了家

她相信每一条路上都有神灵往来
每一种苦难都对应着慈悲
无法言说的悲苦，是她身体里隐藏的旧疾
时刻噬咬着她的心

她说，青烟是众神向上的阶梯
落下的泪水，才是一个人身后点亮的灯

原载微信公众号“藏网文摘”2018年10月

## · 韦忍 ·

### 光阴散

水声落尽，慵懒的夕光也散了
一天多么短暂，一年多么短暂

每向前一步
孤独的内心，就被北风吹得越悲凉

大地上，还有多少美好能够留住
黄叶，也只是时光在尘世肆意散布的谎言

回忆越来越浅，如同前路
越来越窄。闪烁在暮色中的点点灯火
多像烟雨里，慢慢零落的远方

## 叶落无声

太轻了，一片黄叶掉在地上
和飘落水里，是一样的

像一声微凉的叹息，从风中悠悠落下
回到大地，就安静了

那个常年住在街头
长得人高马大的外地工人，也是一样的

深夜，从八十米高的塔吊上摔下来
一场冷雨过后
大街上，很快就安静了

原载《雪峰》2018年第2期

## · 魏欣然 ·

### 蜀 葵

梦以大于自身的光芒
侵袭了你的身体
你是繁星投在大地的影子
当夜晚来临，你一边幽暗着
一边闪烁
让星辰散发出午夜的香气
那一刻，整个四川产生了轻微的浮力

有些安宁，只适合被月光量身定做——
比如此刻，我用笔尖的寂静
刷新一座1.46万平方公里的城
而树和它的叶子，蹲在路旁
闭着眼睛，替远客感受风的流动
成都啊，你比突然的大雪还要善良
赋予万物洁白的光芒

热爱成都，或许是从一朵蜀葵开始的
而且，我只喜欢它的一半
余下的另一半
留给别人喜欢

原载《成都商报》2018 年 10月5日

## · 吴小虫 ·

### 痛苦的先知

孩子，你三岁
穿小裙子，笑起来咯咯咯的
能把全家人融化
作为一个陌生人，我
你的爷爷还是外公
胡子拉碴，某一刻盯着你

警惕性地喊了两下
哦，即使他把你搂得更紧
你的小小身子
也会随风飞起来
我，胡子拉碴
似乎看见若干年后
你紧闭嘴唇，心头一朵白色花
也有过爱情，那是泡沫

也有过梦想，那是玻璃
但我敬佩你善于遗忘
你也爱上了那残缺的命运
并不断写着感恩的抒情诗
孩子，我没有你勇敢
我胡子拉碴地盯着你
就是想从你身上汲取一些暖意

## 散 步

几百米的路程，为何越走越远
当我和母亲都走不动时
看见了一只三条腿的瘦狗
我们停下来为它悲伤
母亲说：风大，头疼
我伸手挠了挠胳肢窝
而神灵的天空兀自地安宁
我们又停下来为自己悲伤
最后我提议背母亲
她固执地要自己走
“患难的人为何有光赐给他呢
心中愁苦的人为何有生命赐给他呢”
她固执地要看看这个春天

原载《星星·诗歌原创》2018年第8期

·吴乙一·

## 九月之初

我想就此停在大河岸边，燃起篝火
晚风从不孤独，凉意已接近方言

我想拾起所有枯枝，和落叶
放置火堆旁。黑暗自水面升起

争吵应低于虫鸣，低于刚刚复活的月光
我有太多羞耻，故而一直俯首听命

像戴罪之人。后来，你手指远处
告诉我，屠宰场的原址曾是一座学宫

原载《脊梁》2018年第3期

## 飞行的鸟，寄故人

一别经年。我继承了一双洁白的翅膀
就像当年你写信的双手，血脉清晰可见

风声凛冽，却吹不来盼望已久的大雪
可以一夜间白发苍茫，似星光寒冷地远眺

我们一起流过的泪，今天依旧在流
蓄在更多围观者眼眶。写过的诗，已被遗弃

你曾戴着它们俯冲，听见空气中
尘埃爆裂的声响，每一道擦痕都似笔迹

一次次，我空手而归。有时
我在飞行途中突然停止，朝向你下跪

原载《金土地》2018 年第 2 期

## ·午言·

### 秋雨

在北方，秋雨
也开始浩荡。楼下

青色的铺面砖
几近饱和

凹处蓄成一方
水塘，这倒影天空的

镜子无法抓取
真实：都是反转的

形象。就在学生
谈论鬼天气的时候

天空闪了几次
这敞开的事物

将众生沐浴其中
洗刷——

并收回尘土
这些雨，最终都会

返回头顶，或再次
以雪的方式

降临。我凝视脚下
它们就开始

反弹月光，反弹
夜的乌有

原载《十月》2018 年第 3 期

## 落 日

落日接近沉默
她像石榴一样被枝条托举
在舒缓柔和的抚摸中

小脑袋被风定住
她是一个想跳伞的少年
但却变得静止
直到呼出最具包容性的顷刻

原载《金土地》2018 年第 2 期

## ·夏午·

### 夏河是一条河

……你找不到的。
多好，你找不到——
它因仅仅属于我，而成为
一条无限自由、秘密的河流。

它从过去流到现在，不一定
从我流向你。
它从大地的裂缝流向云朵虚无
却不会流逝在时间里。
它反复流经我的身体，赐我
没完没了的涟漪、波纹、鱼虾鹬蚌
还有越流越遥远的河水与童年。
它允许我迂回曲折地返回，也允许我
径直离去，在城市五颜六色的
陌生人身上，嗅出自己的泥腥味儿。

多好的一条河。
多好，你找不到——

## 献出声音的人

他试图从她的声音中
得到她——“你好。”
他从车上走下来，给她
打电话：“我爱这声音。”
“我爱，声音中呼吸的声音。
它让我有时候不能呼吸……”

黑暗中，她脱下外套和鞋子，
走进雨中。黑暗中，
声音穿过电线和女贞：
“唯有看不见
摸不着的东西，能让我疼痛。”

她很久不哭了。
她很久不知道什么样的痛，
会让她痛让她哭。
她总是笑着对待自己，
像对待一个陌生人；
像他对待她：温良、谦恭
——“但就是没有心”。

她献出声音，为了寻找
一个从不说话的人。
为了，好好地藏匿他。

原载微信公众号“洒渔河”2018 年 9 月

## ·向晚·

### 倾诉

破旧的窗台没人说话，咳嗽
是你最后的语言
爱情属于虫鸣，忧愁属于高度的白酒
在亳州
偶有大雨，偶有风寒
扯不清的生活
就像着了火一样见风就长
你在一大堆干柴中——看着太阳
在水一样的夜晚等待朝阳
睡醒了，就写几句
自由的诗
有时，你也像路牌一样
等待每一只麻雀停在你的右肩
你也曾对着杜甫倾诉你野草的风格
如风声，如倒空的酒瓶

没人说话的时候
咳嗽——
就是你一再痛苦，丢在深巷的语言

## 如 果

如果黑夜的灯一直亮着——
如果你在写作
会不会突然想起某个受难的民族
如果你渴望的低语
如果你有一颗怜悯之心
该怎样面对
一双向你摊开的长满老茧的手
如果你的眼睛
总是盯着某个地方
如果你发呆的时候，先是
哗啦啦地流泪
然后才想起年迈的祖母
如果，此时下雨——
如果雨水就是你多年漂泊的家

原载《诗刊》2018年第2期下半月

## · 向晓青 ·

### 今天，为什么写作

雨还没有停
霾也没有消失
有的人将死未死

你听见耳朵里的声音了吗
像是马不停蹄
你看见天空的深处了吗
那个无底洞
吞噬了无数谜语

谁还有多余的大脑去思考
谁还拥有一方
确凿无疑的土地

除了时间，还有什么能真实地
告诉我们快和慢的区别

除了爱，还有什么值得我们
赌上唯一的命
去做无谓的牺牲

## 活 着

你长大了
开始学着收起
无用的愤怒、多余的关心
在隐忍中，咬破命运的嘴唇
而你早已习惯了
这一丝淡淡的血腥味

见多了人来人往
死亡发出的爆破音
也不过是左耳进右耳出
而真正的慈悲
因为那逝去的响声
在你口腔的暗部生出溃疡

既然还没轮到你
就应该尽可能地活着
活着
才能在吐出带血的口水之后
呐喊出宇宙间
惊心动魄的声音

原载《中国诗歌》2018年第2卷

## ·向迅·

### 致蝴蝶

已有多年没看见她们了
她们与母亲一样，拒绝进城
但我没有被放弃：
一次，在一列前往海边的火车上
同事告诉我，在她的故乡
在即将成为古董的方言里
人们管蝴蝶叫梁山伯
那一刻，整列无烟火车
都因我身体里一对翅膀的悸动
发生了一阵无人察觉的痉挛
她们——总是以这样的方式
唤回我正在撤退的记忆
比如不同年代的父亲的脸
他日渐模糊的脸

## 正午的街道

沿着这条街道走下去
平原就会降落到你的眼前
在那儿，秋天正往南方撤退
空旷的田野
像是一座刚刚经历战乱的城市

人行道上落叶纷飞。那是孩子写给母亲的信
那是上帝撕下了这一年的日历
那是万物做出的破釜沉舟之举
——严冬将如猛虎降临

我目睹了这条街道的辉煌与衰落
就像目睹了坐在街道尽头的
一位清洁工阿姨的辉煌与衰落
她背靠着坐在清洁车前
她银灰色的头顶，落叶纷飞

我小心翼翼地从她面前经过
破碎的时光在我脚下小声抗议
多少有一些悲伤在我心间弥漫
但是，只有在这一棵棵树下经过
你才能理解里尔克的诗句：
"雪花上千次落向一切大街"

沿着这条街道走下去
夜晚就会降落到你的眼前
在那儿，阴影正往内心撤退
月光、主星斗、大海
将毫无障碍地落到你的头顶

原载《长江丛刊》2018 年第 12 期

## ·小西·

### 泡 沫

挖沙的船沉了下去
一群水母浮出来
穿白衣服的年轻母亲
匆忙把网兜放到海里
却只捞起了泡沫
她怀里幼小的孩子，还不能准确地
使用语言表达
只是“啊啊啊”兴奋地叫着
这是他来到人世间
看见的第一个泡沫

原载微信公众号“忽一日”2018 年 7 月

## 一 天

她烤面包
整座房子盛满了奶香
她读亚当·扎加耶夫斯基的诗
从那些句子里
得到了第一两黄金

暮晚推窗，黛瓦上
落着一群白鸽
两只亲吻，三只梳理羽毛
五只站在瓦楞上小憩

这是十个雪白的词
因为美妙
阴郁的天空，突然有了光芒

原载微信公众号“忽一日”2018 年 9 月

· 熊曼 ·

## 雪的两种时态

雪平静时，落在青瓦、竹叶、断桥上
雪暴怒时，变成冰雹
砸在玉米、高粱、小麦上
一个农民抱头痛哭

雪落在断桥上时
像一幅水墨画
雪落在乡下教室的屋顶上时
风从没有玻璃的窗户吹进来
被冻僵的小脚丫痛又痒

## 养育男孩

当他小时
请给他爱，很多很多的爱

当他开始长大，给他一些障碍
让他跌倒、流血、疼痛

再给他一些破碎
让他在暗夜里啜泣，并生出翅膀

还要给他空气、阳光和流动的水
让他在其间奔跑和跳跃

最后，把他送到一个女人面前
告诉他们，要相亲相爱

原载《星星·诗歌原创》2018 年第 6 期

· 熊焱 ·

## 傍晚经过你的城市

动车在经过你的城市时停下来
夕阳正衔着房顶，晚风正吹集暮云
下车的旅人如席卷的江水
同行了一段长路，一旦分散
也许就成永别

那些年我们在这里穿过霜降和谷雨
背影青葱，步履蹁跹
最后一次分别时细雨如丝，天空为谁哭湿了脸

现在时针抵达了六点，秒针滴滴答答的奔跑中
是我们在马不停蹄地赶路
是我们颠沛的人生，有时一阵酸，有时一阵甜

我突然想下车去找你

我突然想大河倒流，时针逆行
我们又一次穿过茫茫人海，在十字街头相见
岁月苍茫，风为我们掸去白发和细雪

这是二月的傍晚，我经过你的城市
动车只停留了十分钟，却仿佛跑过了漫长的岁月
夕阳正衔着房顶，晚风正吹集暮云
我临窗远望，浩荡的大江正在蜿蜒穿城
一去不回，整夜整夜地为谁压抑着悲声

## 正午的民乐

连风也停下来歇息，掸去我肩上的尘土
十年未见的老友站在阳光下，朝我递过来的拥抱
酣着一场十年未醒的旧梦

这是八月的正午，早霜已悄悄来过
在他的双鬓，在他的额头
一张脸仿佛熟透的青稞，泛着油
只有他眼神里的冰雪，正在悄悄地解冻泥土

诸多话语想说，却又羞于开口
我们的沉默，是愧疚于这十年虚度的光阴
在这里，他失恋、离异，寂寞的日子支离破碎
总有一缕风，一次次地吹薄他的背影

总有一抹孤月，一遍遍地绊倒他跌跌撞撞的步履
在远方，我是一株死水微澜中的浮萍
生活把我一会儿拉近，又一会儿推远
我们之间隔着一廊河西幽深的岁月

离别的时候，他站在路边朝我挥手
哀伤的表情仿佛乌云中的晓月
我继续向西，阳光的火苗一点点地黯淡
一点点地明灭。几辆拖拉机突突地跑过
一声声汽笛仿佛淬火的铁，散着丝丝凉气
这人间过于喧嚣啊，只有远处的祁连山沉默不语
如长者，悲悯地看着我们庸碌的人生
更远的地方，取经的人还在风雪兼程
大风打扫着前面的道路
那里是无限的远方，是通向灵魂的最深处

原载《扬子江诗刊》2018 年第 1 期

## ·许春蕾·

### 石桥也是年轻的

空山寂
夜里听见老桥的叹息
这声音，像祖父
从深夜的井里传来的回声
有些狭窄，又有些潮湿
我的先辈多次走过石桥
他们依次推着小推车、自行车、三轮车
后来他们又带着妻子和儿女
带着锄头、镰刀和种子
他们经过的地方
所有的野花都开了

那时候，石桥也是年轻的
一头牛走过
故意抬起蹄子
蹭了蹭，他额上的灰尘

## 鱼 钩

我闭门、缄口，也关上身体，关上
一棵水草般摇晃的情欲
断电，斩断神经
甚至拒绝阳光与露水，拒绝跋山涉水来爱我的人
爱的人不来，葳蕤也只是荒漠一种
雪花也只能藏在大雪之中

她们谈吐不凡，顾盼生辉
在喜欢和不喜欢的人面前，她们都是掌控者
我做不到，这么多年，我只是一条鱼
在岸边等待，一个我爱的白衣男人
垂下鱼钩

原载《飞天》2018 年第 10 期

·许天侠·

## 必须用一生来修炼

骄阳似火，只有知了在叫——
声嘶力竭地喊
这小小物种，像一生都喊不完的痛

经过它们的时候，银杏树一动不动
漫长的大道，空空如也
我像一个孤魂，不能随便发声
不能像它们，高高在上
你看这滚烫的人间
必须吞下热浪，隐忍暗疾
并与明月保持默契
还要赶在秋风来临之前，不停地劳作
关于命运，只有用一生来修炼
“金蝉脱壳”之术

原载《翠苑》2018 年第 2 期

## ·雁无伤·

### 一朵花在花瓶

一朵花在花瓶。
你是否赞许这有或者无的生命?
它还是会盛开于清晨,
夜晚关闭。它会用香味说服你。
它是活的,且活得愉悦。
它默默不变、情长不变。
只是而今,它的担忧有所不同——
它不再担忧采摘、践踏、四时紊乱,
它只怕你记不得,或顾不得,
一天几次的探看。
一朵花在花瓶。
它有瓶外清风的书卷气。
也偶尔过过瓶内清水的夜生活。

# 陌生人

你像植物一样寒冷吗?
它们在深夜出门。
头顶着虚空。
你是否留意过脚底的气旋?
那是鸽子来了,
带回一点风。
你可是我的同类?
我空空的,忽明忽暗。
世界在我们视线的夹角中。

你的额头里住着小火。
你会低飞,会大叫着开花。
我只有书信,黏稠的爱,
我抖落羽毛也没有天亮。

月光里,你挽着袖子。
我们对面坐下来。
互为不解,也互为相识。
我们勇敢得像两盏谁也拧不开的灯。

原载《星星·诗歌原创》2018 年第 1 期

· 阳春 ·

## 沿逆时针奔跑

雪满山中，河流凝结
航班困于跑道，高铁拴于月台
出发与到达都凝成名词

唯有你，从定格的林下走来
那飞扬的雪花是你
停泊的舟上晃动的棹是你
五千年来的一切动词都是你

雪收藏了铁轨，城市无法通达村庄
山脊、江堤、麦田都一般模样
无非是积雪选择了凹凸或凸凹
我们也完全一样
世界隐去，多余的人隐去
更多余的尘世的喧嚣和束缚
都统统自觉地销声匿迹

雪上不经行一匹瘦马
风里不掠过一串驼铃声
我们相顾无言
仍旧是两个洁白的少年

嘘！谁也不要出声
真怕来自我们喉间的呢喃
会震裂一座座雪川
更怕涌于心底的深爱
会溶解冰封坚硬的江河
只要我们不动声响
世界就是暂停键上的名词

亲爱的！让我攥紧你的手
沿着逆时针一路奔跑
倘若速度足够快
就能赶在雪停下来前
抵达原初的地方

原载《成都晚报》2018 年 1 月 31 日

## ·杨犁民·

### 不可能只有蓝

不可能只有蓝，不可能只有汹涌，
不可能只有叹息、回忆。

庞大的堵塞绵延成空洞，
无垠的剔透，堆积为深邃，深不见底。

仿佛平静，是更宽阔的宣泄；仿佛喧哗，
是更持久的沉默。

不可能只有蓝，只有浩瀚，
泯灭，不可能只有一望无际。不可能只有重复，
翻卷，永无休止。不可能，
永无停顿，永无痕迹，和证据。

不可能只有蓝，只有苦涩，
那么多海水，却没有一滴泪，哭自己。

## 不能抹去的

我用母语喊：大海、故乡、祖国，
声音很快随海风飘远了；我用脚在沙滩上写下汉字，
汉字很快也被海水淹没，
不见了。一切，都已经抹平。但是，
我仍然执着地喊：海风一刻不停息。
我相信我写下的文字，
已经刻进石头。

什么都可以抹去，沙滩不可抹去；什么都可以抹去，
海水不可抹去。在这里，一滴水就是一座大海，
一粒沙就是一块陆地。

原载《星星·诗歌原创》2018 年第 5 期

## · 杨胜应 ·

### 看 见

两个年轻的母亲很快就熟悉了
原来她们那么远又那么近
因为孩子的情况，有了同一个目的

她们对同样的事情保持怀疑
对解决问题也保持着同样的希望
结果肯定一样，但过程不得而知

直奔主题，省略了很多细节
干干净净的，纯纯粹粹的
是绝对的信任，是相同的悲伤
在灯火摇曳的黄昏，让我看见了故乡

## 卷心菜

何曾想过，一粒种子
从土里站起身来，不迅速强壮自己
就抵御不了冬天的寒冷
她得把根须深入到土地多少寸
才能够在寒风吹过的时候
带来微弱的回应，其实，她的胸怀
是我们不可丈量的，如果不是
清苦的日子需要她填补
也没有人能够知晓
她把自己一层层地抱紧
剥开，一点点地剥开
直到露出她柔软的细小的心
才会发现，甜味中有着淡淡的苦涩

原载《椰城》2018年第5期

· 夭夭 ·

## 沉 默

所有的命名我都不要，
日落之前，我提着祭坛上抛却畏惧的躯体，
我想去看你。

天黑了，天地间的小勺，
还在一点一点喂我喝下命运的汤汁。
我想，这一生就送你到此。
潮水推开尚未腐烂的夏天，
星星独自闪耀时，
我几乎要把来世也捣成悲欣交集的碎末。

或者，大海和雪我都不爱。
我舀去言语的泡沫，夜空恍如昨日。
我写下一行诗，
在命运不能左右的路上。

## 废弃的工厂

铁睡在那里，起风了，
它的同类跨过剥了漆的沉寂。
远处，有人正在起身道别，
空地上，被焚烧过的原野茫然挺立。

二月，细雪覆盖着瓦砾，
铁轨在世间的无穷无尽里穿行。
总要想起点什么，在没有头绪的空旷中，
放下辛劳是唯一的解释。

傍晚，一群乌鸦栖在这里，
死一样的沉寂披散着。
星辰独自闪耀，它照亮的野草，
还有一颗未亡之心，它，欲言又止。

原载《星星·诗歌原创》2018年第6期

· 姚瑶 ·

## 时间停留在此刻

时间停留在此刻，微风吹动夜色
一弯明月低垂西山，仿佛触手可及
身体里藏着的时钟，一同
寂静下来。放养的鸡、鸭、牛、羊
都静了下来
在月光下洗漱的姑娘，声音很轻
生怕打扰了我，她一定是我前世的情人
抽着叶子烟的嘎佬和阿婆，轻微的叹息
微弱的火光，映着古铜色的脸
他们肯定是我前世的爹娘

时间停留，万籁俱寂
大山中只剩下我的吟唱
及一颗噗噗跳动的心

## 野草蔓延

高过人头的野草，长得轰轰烈烈
一场春雨之后，即将蔓过低矮的木楼
我把它们写进诗里
装进一张 A4 纸里

大部分时间，我与这些野草对视
我需要一个春天的时间
来收拾野火烧不尽的残局

我把它们整齐地收进我的诗里
阻止它们漫无目的、杂乱无章
可是，我怎么也无法
阻止它们在深秋绵长的咳嗽
和一个冬天的疼痛

原载《民族文学》2018 年第 4 期

## ·衣水·

### 有鸟飞过

夕阳落过西侧嘈杂，我从窗口
望见。仿佛是西山
仿佛是村庄
有一个像父亲一样的人

这不是以前。我正沉默
有一个像我一样的人
正望着黄昏
想着夕阳在墓碑上刻下的文字

羊群已经归圈。像羊群一样的
尾气云，咩咩地叫着
从黄昏钻进我的梦
我在童年就惊醒了

有鸟飞过，请告诉夜晚
我没有忏悔

原载《牡丹》2018 年第 3 期

## ·殷俊·

### 夫 妻

天亮后
我们避开身体的接触
如陌生人一样擦肩
来往言辞尖锐，闪动仇恨的锋芒
我们的嘴巴不说爱，仿佛
爱已死

到了夜晚
在巨大静谧的黑暗中
花朵脱落了
我们在热泪中拥抱
像果壳明知要松绑而加倍地
抱紧种子

# 铁 屑

不远处的工地传来敲敲打打的声音
一具铁器正拼尽全力击打另一具
在对抗的力中
二者发出暴力的怒吼
被击打者弯曲、断裂，并有了新的形状
有时也会发生双双毁坏的情形
持器械的人喘着粗气，双臂下垂
颓然目睹手中剩余的半截家伙
这费尽力气的生活总会带来两败俱伤的局面
你我先是利器，后来是铁屑

原载《扬子江诗刊》2018 年第 2 期

## ·尹祺圣·

### 寄 我

我把自己写在纸上
装进信封
寄给你
从递进邮筒的那一刻起
邮差的指纹里多了一行足迹

我拥挤在这里
一封信紧挨着另一封信
大概有人在信里提及了篝火
空气里都是草木灰的味道
隔壁那一封
应该是个女人写的
邮票湿湿的，像刚哭过一样

在信里

发生了太多的事情
种子长成了稻谷
石头变成了房屋
无数的男人在信里当了父亲
无数的父亲又在信里死去
我随着这无数封信
走旱路，走水路
经过了丘陵，经过了盆地

最后你收到的将是一小片蓝天
因为这一路太颠簸
墨都从字里溢了出来

原载《诗歌月刊》2018 年第 8 期

## · 尤佑 ·

### 读一首好诗

仲春，他在公园散步
一步一句地读诗
春潮自下而上，浸润
每一个词语，每一片叶子
驻足间
诗意煮酒，意象沸腾
气流冲击脑门
生活之色一次次遮蔽
而他
看蒸汽一次次冲击壶盖
一列火车
从遥远的黑暗驶来
又将去往陌生地

## 是谁撒下蛙鸣

我与妻在丛林中漫步
夜，这平和而自信的夜
它和我们的生活类似
一边是洒在湖面上的月光
一面是穿城而过的火车
妻说，平静的日子
总有按捺不住的冲动
我沉默，听漆黑的树林
撒下一片蛙鸣
它们的汹涌，恰似你的娇羞
也似我的野心

原载《草堂》2018年第8期

· 袁伟 ·

## 称 重

母亲。当这个词语
突破喉结和牙关的封锁后
她就安静地立在天平的一端
与另一位叫妈妈的女士一起称重
单论体重，母亲肯定要重得多
自从我来到这个世界后，每隔一段时间
生活就会往她肩上的挑子里
加一些重物。此外，光阴也不断增重
而天平另一端的妈妈，她
被力臂高高地抬起。轻盈、苗条——
这种未被时间啃噬的青春属性
在十月怀胎时，成为我腹中的营养品
当我终于认识到自己的罪孽
就永久地拒绝了一切生日祝福。正如
二十二岁的今夜这样，我独坐案边

写下罪己书，祈求岁月减轻对母亲的惩处

原载《诗歌月刊》2018年第12期

## 瓦 舍

土，处于五行之末
而在一间瓦舍的结构中
它除了本身，还是金木水火
能容，量大，不一定是海
瓦也可以。只要它们彼此拥抱
就能收留无数生灵，供安身立命
一片瓦，是至阴至阳之物
而黄和青是无坚可摧的内外核
年岁久了，就用坠落提醒主人去检修
我对每一片瓦都心存敬畏，因为
受过太多苦难的人死后没力气升天
瓦舍，就是祖辈们唯一可以爬升的高度

原载《延河》2018年第8期

## ·臧海英·

### 画 鹤

想画一只白鹤
一只白鹤，在我心上描画无数遍了

——眼里的薄霜，羽毛下的孤寂
它越来越具体
我甚至感到喉咙里，有它游丝般的呼吸

我拿起笔，它飞走了
我放下笔，它又飞回来

一只白鹤，养在我繁杂的日常背后
它单腿站立

# 时间差

杨安镇博物馆墙上的钟表
分别显示北京时间、伦敦时间、巴黎时间和纽约时间
我愣了一下
不知该认领哪个时间

一条河流经两个国家，分别命名
同一事物的一面与另一面，各自为政
一个恶棍
也对自己的女儿温柔以待……

走出博物馆时，天空朗阔
人们还在讨论，两种辣味之间的细微差别
没有人注意
我的时间
已偏离他们的时间

原载微信公众号“出神与走神”2018 年 8 月

## ·曾入龙·

### 铁皮火车一动不动

会有一个火车站，而你的铁皮火车一动不动
会开门。门开了之后，旅客纷纷下车
唯你枕着车窗，借一星灯火取暖
会结束：比如繁花，抑或一路风尘
会好起来的，也许在此刻，也许下一刻

“会有一个未来。”可是，亚当·扎加耶夫斯基
当你说出这句话，一动不动的铁皮火车
驶进了十九世纪的雾里。在那里
会有一支燃烧的雪茄向死而生吗？

# 而雨依旧下着

你的名字下着雨，
抑或是一场流动的火？

呵一口气，把你的名字写在窗上

玻璃上的你的名字实在太长了
这条长长的野径，通向如镜的水面

而雨下着。如温暖的吻落下来

如星星落在我的手指上
我接住并贴在玻璃窗上

一条野径渐次清晰——
“维森特·阿莱桑德雷·梅格”

而雨依旧下着。梅格啊
我要在这条野径上种花

——尽管我仍然叫不出它们的名字

原载微信公众号“散文诗世界”2018年10月

· 占森 ·

## 花

在瓶子里
是深藏不露，且有足够的筹码
它在静候，远远来探望它的人
那些值得它馈赠的，或许也和爱情有关
或许就躲在窗外不远
对它们，说过的话有很多
关于阳光的，关于野外那春天的
喜欢淡淡的阴影
是因为静候、知时节
才可能是一朵花的命

原载《诗歌月刊》2018 年第 5 期

## 提灯的人

多留一点时间，容谁站在尘世的雪夜
在基督山、布达拉山，南海或九华山
势如雕塑，雕塑里奔涌的河流

多留一点时间，容谁去关掉一些墓穴
关闭唇语的留白，经年空敞的门

好多面镜子，努力闪着
重复倒影、伤口，你们散失的城池
及太多无法说出的

再多打开一点什么吧
显然，结束和开始本没多大的距离
走在平地，如同走着泥泞丘脉
似乎夜行才是唯一安全的抵达

手里的灯，真的越来越亮了
每踩一步，身后的丛林就在叫疼
每踩一步，那些圣人，就从黑影里分离出来
像巨大的瓷器
也像胎儿

原载《诗林》2018年第2期

## · 张二棍 ·

### 守字如玉

我就是那个寄居在汉字里的蠹鱼
我的窗外，时而朔风低沉、号角高鸣
时而有出塞的女子，拖着长长的裙踞
我的窗外，时而有人摔杯、有人饮鸩
有人向另一个人，献宝、割地。另一个人
却不领情，却还在伸手。我躲在每一个
汉字的裂缝里，听着、看着、咀嚼着
我吃完宋，吃唐，吃完汉，吃秦
我吃下的字，一些是石头，一些是血
我吃过“火药”，就炸毁了“宫殿”
我咽下“祸水”，就嚼碎了“红颜”
我成了一只悲哀的蠹鱼，为了活着
我吃来吃去。有一些字，比如“仁义”
比如“道德”，我一直都在忍着，不吃
这些汉字过于美好，我怕，我满嘴

都是它们的时候，却咀嚼出
另一种酸馊的
味道

原载《诗歌月刊》2018年第5期

## 十里坡

开心寨、庆纸桶坊、铁疙瘩坡……
为什么我对这些地名的由来，饶有兴趣？
污水横流的陋巷，为什么要叫作神仙碑？
史书上记载，十里坡“商贾云集”

而现在，只有几个枯槁的妇人
伏在垃圾山上，翻捡着
为什么那个最瘦的女人，要带着一个
更瘦的孩子。为什么她那么小
却有着那么大的力气

你看她，拖着一大包空酒瓶子
从一座垃圾山，向另一堆更高的爬
为什么，她那么不像一个孩子
却如同，一个扛着炸药，登山的壮士

原载微信公众号“门缝儿”2018年3月

## ·张建新·

### 铲雪

一群人扛着铁锹来到路上
雪不厚但结冰打滑，他们要
铲掉的不是雪，而是滑

鸟儿们懂得道路的拒绝
它们落到积雪更深的野外

路面坚硬，他们浇上开水撒上盐
并竖起铁锹斩断分裂坚冰
然后将这些被分裂的滑
集中堆在一起耐心等待变成水

前天，看到加州街上粗壮枝丫
被冰雪压断了好几根，砸碎了
几辆停在树下小汽车的玻璃

他们从不担心脚下的事物
总有办法解决站立问题

但在白茫茫的世界里要学会
抬头看天，天空虽然空空荡荡
也会让我们感到莫名畏惧

## 父与子

我的父亲不理解我
他的兴趣都在酒和电视剧里
每天没事他就拨弄几下算盘，虽然
没有几个积蓄值得算一算
但那是他一生赖以活命的家什
我的儿子也不理解我
他喜欢排骨教主和奇怪的动漫
他摆摆手说年轻人的世界
你不懂，还好我可以和他谈谈足球
我们在不同的球场奔跑
他越跑越快，我越跑越慢
总有一天我们会肩并肩坐下来
他会拍拍我的肩膀说，伙计
我们喝一杯吧，就像我第一次
斗胆向威严的父亲举起酒杯

原载微信公众号“婺江文学”2018年4月

## · 张巧慧 ·

### 杀放生

母亲，为你
我用多年不杀生的手
杀死一只甲鱼
看它慢慢缩紧的四肢
用它的血来换取你的蛋白质
早上用花剪剪去鲈鱼的鳃
剁碎的骨头，切细的姜片
下午又买了活鱼放生
让它代替你病，代替你逃命

母亲，为你
我不知该杀生还是放生
突然造访的不速之客
让人乱了分寸

沙漏在变少，很快
我们围绕着一个男人而对峙的日子
正迅速递减

## 芍 药

五月里最后一枝芍药
我惊讶于她的美
花瓣饱满，风姿亭亭
类女性之窈窕

母亲正忙于赶狗与满院鸡鸭
她随手把花搁在洗衣板上

“忙于生计的人，闭上了审美的眼睛”
“终究没有遇到对的人”

但我记得她年轻时也涂过雪花膏
与她的体香混在一起
她也曾在鬓角插花，那时她刚成为
两个孩子的母亲，花儿轻颤
如她饱胀的前胸

原载微信公众号“慈溪文艺”2018年3月

· 张文康 ·

## 街头炸弹

你见过孕妇哭吗?
你见过大肚子的孕妇
在人来人往的街上
肆无忌惮地哭吗?
她流了那么多眼泪
肚子还是那么大
孩子，你出生后一定不会记得此事
但你要感谢你的妈妈
她给了你一种十分必要的
胎教
该哭的时候就要大声哭出来
想必你也是个非凡的人物
你妈妈哭了那么久
她的肚子非但没小
还差点把站在她前面的男人
顶飞出去

原载微信公众号“盆大吃得多”2018 年 11 月

## · 张小美 ·

### 春 日

鸢尾花修长，临水
影子似已独立，欲挣脱于世
一阵风忽然改变了她
与你的秘密交谈

世界突然活过来
水鸟一掠而过，停在对岸摇摆的柳枝之上
几只蜉蝣出没于
它的小池塘，春水温暖

熟悉的春天已有些斑驳
而万物大声宣告她是崭新的
你看草色青青，柳叶翠亮
如此突兀，仿佛从未经历过轮回

## 秋 千

她坐上秋千像被劫持
匀速的运动中她
又感到陶醉。闭眼的瞬间
又像是自愿交出自己

一个人被一股汹涌之力送出去
是否可以这样认为：
一个身躯正在脱离
另一个身躯，又或者
一个停在速度顶端
另一个已
缓缓下沉

更动荡的时刻
她不断地遇见自己
喜悦、痛苦、变形的自己
在春日下午
在一架悬空的秋千上

此时，无论你怎样还原一架秋千
只有空，增加它的重量

原载微信公众号“天门文艺”2018年5月

## · 张远伦 ·

### 推送者

我站在城市高处，成为曾家岩的悬崖
向外推送的部分
同时被推送的，还有一个露台

风从身下来，像推送白云那样推送我
鸣笛声从低处来
像推送隧道那样推送我

芭蕉叶从露台里长出来，古典地
推送着雨滴。众多雨滴化成雾气
推送着夜行列车

我的背面推送着我的正面。我的前胸
推送着空气。我的后半生
推送着前半生

总有一样东西被遗漏了，没有推送到
比如嘉陵江
孤证了我被动的一生

## 死 局

独善其身的汉字，在棋子上
我抵达黄昏中的死胡同
随手救起了一枚
它的意义短暂死亡
无效的，休克的，一个汉字
被我把玩许久
它在喧嚣中被重新赋予新生的时候
我恍然，抽身而出
定义了自己卒子的身份
在这个城市中的乡场上
获取市井气
身后攻击声、争执声、辱骂声
依稀渐弱。我像被一步悔棋
挽救的诗人。赶在成为弃子之前

成为市侩之前，写出一句
救赎之诗。为了达成
和虚无这个对手的妥协
我允许死亡，可以后撤一步

原载微信公众号“羁縻城”2018年6月

· 赵琳 ·

## 苹果树分歧论

分歧存在于两棵苹果树之间。一棵先于
另一棵开花，挂果，制约和延续体内
传承的种属。另一棵的分歧在于
它羞耻不可多得的友情：两棵树的叶子
交织在一起，相互洞察着特殊时间的光
以上帝的名义降临，抚摸，然后呼吸
高端云层带来两片嘴唇亲吻的风，怀抱着
爱情的吸引，朦胧的排斥性
贯穿分歧之中。自然的诅咒
无休止地拍打两树花朵抱在一起
无休止地谴责即将分娩的爱情
这些一瞬间点燃的成分，迸发出
叫人致敬的事实，它们颤抖地
生儿育女，批判地告诉世界
所谓分歧，沉迷在半是吸引半是反感的气候里

无关乎每天在两棵苹果树下浇水的女人
无关乎它们像兄妹一样无罪过地相爱

## 乡村骑士

现在他死了。精神病人卒于 2017 年
现在可以谈谈：
终日晃荡的乡村流浪者一如浪漫的骑士
在疾风暴雨的夜晚说着直率的话语
在最后真挚的吊唁中，我辨别出
一个饱含沧桑、浑身污垢的人。他和西欧大陆
有密切的联系，有相同的风度和血液
棺材盖上这顶破烂的草帽见证他与稻草人
在多年的昼夜中分享亲密的感情

村口那匹不能再瘦弱的老马，驮着孩童一般的骑士
驮着庄稼地里宝贵如金的牛粪、猪粪
光阴的磨损中，那匹偷来的马和他
将孤独和煎熬创造出医治死亡的秘籍
可以肯定，唯有潦倒之际借钱饮酒
炽热媲美垂暮之年的青春；终到戏剧闭幕时
有合适的契机，鲜明地标注钻石般的理想
闪烁在荒芜傍晚的墓碑

原载《星星·诗歌原创》2018 第 9 期

·赵目珍·

## 悲 歌

惧怕早春拓境。多么令人羞涩的悲哀!
望望然，为消除疑惧而抵御。走到了无懈可击的反面。
没有人敢说对退路无限精通。
为谁提供证词？离去的过程中，充满了无法想象的未知。

但始终沉浸于茫然自得。
这种一叶障目的危险在于，你将永远也无法分辨出
秦晋之间的“娥”与河济之间的“媌”到底有什么分别。
因此，潜伏于宠辱之中，尽心只不过是一种噱头。
而真实的目的在于进身，并且经由这一履历，形成对他者的
欺凌。

去声色，禁嗜欲。一个人最难有如此聪明。
我以绳墨度你，你以规矩相邀。彼此以虚名相高，都是虚情
假意。

在相互隶属的关系之中，即使成为了破琴绝弦的知音，也是
　不连贯的。
而面折或者廷辱，足以使一个人对其嫉恨终身。

## 荒谬篇

身体就像是一座古老的宅子。
当进入安顿的时候，你已经出离了它的庇荫。
持续了这么多年，我始终想把它经营成自己想要的树种。
就比如，对于最后骨感的选择，
是将其定位为菩提树、胡桃木，还是山毛榉?
我不知道，自己为什么对这样的情事如此有兴致。
也许我只是对最后的燃烧寄寓无法料想的惊异。

尽管是在胡思乱想中发现了植物是身体的关键词。
然而，面对这三十多年的肉体，我仍然心存感激。
我知道，我将暂时栖居于仲夏。
那些精准的萤火，覆水难收。
而深秋，将是又一场更加深刻的颠沛流离。

原载《作品》2018年第3期

· 郑国耀 ·

## 写诗就像压水

有时候，会无端地想到压水——
老家的压杆井，要想压出水来
槽里必须事先加注引水
这先来后到的顺序
像极了筑巢引凤、举一反三，像极了抛砖引玉
当然，读阿赫玛托娃的诗集时
我是砖，他是玉。
龚半千曰：物之不可入画者，猪也，阿堵物也，恶少年也
作为一个孱弱的诗人，我却迷上了历史与散步
这多少让我有些发虚，有些名不符实的慌乱
尽管如此，我依然一阵窃喜——
每日一顾的菜市场，是个四两拨千斤的好地方
讨价还价的农民与家庭主妇
轻而易举地，就推翻了知识分子的高论

原载《青年作家》2018年第8期

## ·仲诗文·

### 粮 食

谷物头重脚轻
青黄一茬接着一茬
人畜相欺
走动的都是神
我想说土地沉重而孤苦
无非是虚拟
无非是我逐年欠下的人情
“欢迎你到疯狂的尘世中来
欢迎你加入合唱的行列”
萝卜寡淡
土豆黏稠
冬瓜、丝瓜与黄瓜是缠绕的藤类
稻谷有壳
麦子去麸
水中的鱼，和我们

日渐交好的牛、羊、猪
它们在土地上攒足了力奔跑
我想说的是肉身
我想说养活我们的粮食
被牙齿，在短时间之内
迅速与水完成

## 燃 烧

我承认我还不了解生命
在我们扁平的生活里，除了彼此攫取
就是彼此燃烧
新雨击打着昏聩的头颅
青草像一片疑窦丛生的猜忌
越铺越开
此外，我们与桥头那对在夕阳中
偷欢的野狗还有什么不同

有谁能拉我们一把呢
漫天大雪，彼此的燃烧还在继续
我们在攫取中越陷越深，甚至已经忘记了彼此的面孔
天地白了
再也藏不住了
肉体像一只竹编的筛子，漏了
而灵魂已经老了，旧了

紧紧攥着一具形骸，如果还能称之为生命的话
那形骸是肉体，也是风干的果子和颓败的花朵
它紧紧攥着
不放

原载微信公众号“碎骨头”2018 年 9 月

## · 周一木 ·

### 爷爷的教条

他咿咿呀呀地唱着，叫卖契约书，据说
那只是一些指导性的意见——棉厂工人的汗臭才是金子。
他曾靠掠夺来皮筋的伤痕判断日头，分毫不差。
弓是他竖起的桅杆。

后来他觉得棉果的硬壳不再适合他的口味。
他的蛛网膜也逐渐
在万宝路浸淫下酝酿叛变。
没有预兆的云粘住了他的磨盘：死亡的司南。

冷光灯犁开麝香织成的网，他咳出一口痰。
悄悄告诉我他不曾称霸过海洋，因为比天神
少一个盛装心脏的木箱。
我想阻止他的絮语，可他的谋划让所有人热泪盈眶。

他总认为开刀能让他更接近神明，
其实不如眼前花红泡泡折射出的厕所来得更近一些。
可当他对着亲生儿子哀求不要送他去活体实验室的时候，
他比任何人更了解庞塞·德来昂的帆船。

“半斤棉弹成八两八哟
旧棉花弹成了新棉花哟。”
我们身上穿着花绿的棉衣，
而他包裹着皮。

原载《星星·诗歌原创》2018年第9期

## · 朱佳美 ·

### 低下来

习惯把头低下来
像一把软尺，折叠、直立
偶尔弹出去，射向流水
溅起一朵浪花，又被流水淹没
水面平静，像一朵无所事事的云
我被自己遗忘

在一个万籁俱寂的下午
我努力把头伸向地面
如铁匠偷取了粮食，把自己藏在
光明与黑暗的磐石中
没有思想，不必辩解，万物沉思
只有铁匠，正以己所不欲的方式
一锤一锤打磨
坚韧雕琢着手中的白日梦

夜晚来临，我逃过一切嘈杂与喧哗
把头低下来，委身于黑暗
委身于死亡和神，或者四季的轮回
没有杂草一样的茂盛或荒芜
也没有春繁秋露的凋谢与绚丽
此刻，只想让疼痛微微区别身体和精神
埋在黑暗里不被认出

原载《诗歌风尚》2018年第3卷

## 病灶

除了恶汗，还有战栗
一缕冰寒
从鼻子的洞口
蔓延到体内的沟壑
四季，侵袭内核的冷暖

这顽固的病灶
坚忍扎根在体内
空了一半的心悬在途中
进退两难

择水而居者
日子与河流一样，没有源头

它习惯了跋涉，习惯
夹带自身的寒症，寻找
岁月深处的渡口

远离泥土的人
贪婪呼吸着流水的清新
河流一会儿肥，一会儿瘦
唯有渡口，墨守成规
等待认领

原载《湖北诗刊》2018 年第 1 期

## ·竹米·

### 呼 吸

就喜欢一匹马。
就喜欢它去悬崖边，
推它一把。
把心抛在空中，
像瓦埙一样呜呜响，
像独自穿过秋风的长廊，
等它，或它的影子回来。
温存着，
找水喝。

原载《星星·诗歌原创》2018 年第 4 期

# 樱花落

一个人顺着清晨的滑道，
在水面上开出风暴。
她有犀牛般的决心，
她有羚羊般的花样动作。
她的胸膛，带着炭火的余温，
她就是要把空气再擦拭得干燥漂亮一些，
冒着几颗红色的星星，
她就是要惊飞几只天鹅，
仿佛世间所有的美，都戛然而止。

原载《星星·诗歌原创》2018 年第 4 期

· 宗小白 ·

## 纱 巾

那个女人躺在河滩的卵石上
先是咿咿呀呀唱歌
继而又对我吃吃傻笑
蓬乱的头发上
横七竖八插着稻草、野花
每次看见她，年幼的我
都被姐姐催着快走
直到有一天，她露出棉絮的肩头
长长地披着一条不知哪里来的
橘红色的纱巾
在夕阳的旷野中，旁若无人地
安静伫立——
那一瞬间，我所产生的
与她亲近的强烈渴望
直到今天，还会使我联想起那些

一生都被爱情和诗
折磨的女性

## 婆婆纳

婆婆纳
长在我八九岁的记忆里
在太祖婆的坟边，每年春天
我去看它一次
不知道它的名字，就像不知道太祖婆的名字
其实，《植物》里这样记载：
阿拉伯婆婆纳，路生杂草，可入药

可怜的太祖婆，每年春天
我才去给她当一回药引子

原载微信公众号“挥别”2018 年 8 月

·左右·

## 听 声

有一个声音
我一直在倾听

它遗失在一封封邮至远方的信中
或在一本本从未打开的书里

春风也做出一副倾听的姿态
每一捻灰烬的形状，都是我自卑的形状
每一片闪烁的火焰，都是我执着的火焰

列车呼啸而过，站台很静。铁轨是火车的读者
它敞开手掌，迎接火车幸福的蹂躏

一阵阵剧痛
辗压着我和一株野菊痉挛的耳朵

原载《青年文学》2018年第2期

# 野葡萄

你曾说，葡萄是个好东西。葡萄的肉体
那么多糖和酸，铁与钙，正是你
身体里所欠缺的……它与我，共同构成
太阳的阴晴，夜晚和你，彼此的圆缺

这么多年，你不爱喝葡萄酒
吃葡萄不吐葡萄皮。这么多年
你不爱运动，一直缺铁与钙
直到牙齿开始老掉
你闻见了血，葡萄的汁液

你曾说，想吃山上的野葡萄。说完这一句
嘴里酸酸的，眼睛酸酸的
亲爱的，我的心里，也有一股潜伏的人生
它们的味道，和葡萄一样
是冰与火，混合的糖果

你曾说，我是一只偷吃葡萄的狐狸
那么好……我情愿自己
在你，弯弯曲曲的命里，它可以四处奔跑
它流到哪儿，哪儿就会变软，变酸
甚至变成你身体里所欠的
铁与钙

原载《绿风》2018年第4期

何必小心翼翼地

我认出了她，她就是在雨林走失的妹妹

至今杳无音信

锁钥咬住老家，走漏的露水上

通过经济的数据线操作我